經商社匯 **12**

經濟學始於佛法式微處

熊秉元・著

目次

〈自序〉佛法干經濟學底事？

熊秉元

這本書的書名，似乎有點譁眾取寵，值得稍作解釋。而解釋了書名，也大致說明了這本書的性質。

佛教，是世界主要宗教之一，在東南亞地區尤其興盛，信徒以億計。佛學，是指佛教的典籍和各種論述；記載以及闡揚佛教的思想，本身是一種智識活動。經濟學，表面上是探討買賣、生產、消費等活動，其實是一種分析事物的工具，可以用來探討人類各種「非經濟」的活動；這種工具所隱含的特殊角度，可以稱爲經濟學的視野、或經濟學的世界觀。

因此，經濟學和佛教之間，至少有兩種關聯：一方面，宗教活動，是人類生活很重要的一部分，屬於「非經濟」的領域；經濟學一以貫之，也可以琢磨這個領域裡的曲折。另一方面，佛學是一種世界觀，經濟學也是一種世界觀。兩種世界觀之間，自然可以作比較分析；道不同，而相爲謀。由此可見，經濟學和佛教之間，確實可以有一些聯結。

這本書裡大部分的文章，都和佛學沒有直接的關聯。不過，在性質上，卻和探討佛法的那幾篇一樣；我站在經濟學者的立場（而不是社會學者或心理學者的立場），對於大千世界裡的耳聞目見，若有所感，就希望能描述分析、置喙臧否一番。既然硬邦邦的堅持經濟分析的立場，見解就不一定是言之有物，而可能是言之有誤或言之有霧。無論如何，我試著呈現出自己的一得之愚；合宜與否，由讀者作最後的評判。

這本書的出版，要感謝印刻出版社的初安民先生和江一鯉小姐。兩年之內，他們接連出版我的兩本書；他們的盛情，我很感念。我也誠摯希望，他們對市場的眼光和判斷，比我的好！

二〇〇五、五、二十五

The Diamond Sutra
Economic Analysis
perceive with non-perception
stand with non-standing

第一章 最後的貴族、永恆的試煉

一、花樣的年華、草般的歲月——小故事小道理之一

一九三六年的一天，在上海一家豪華酒樓裡，有個奇特的聚會。十餘位來賓，都是七十開外的耄耋長者。他們有幾位穿西裝，但多半穿的是中式長袍或馬褂，還有好幾位頭上戴著傳統的小圓帽。在外觀上，他們舉止從容優雅，看得出是受過良好教育，經過大風大浪，是華人社會裡不折不扣的長者尊者。但是，雖然他們渾身上下，都散發出濃濃的中國氣息；他們之間，彼此卻以流利的英語交談，而且是道地的新英格蘭口音。更令人訝異的，是他們雖然已經年逾古稀，彼此卻都還謔稱：「囡仔」（boy）。

他們確實很特別，因為他們有極其特殊的身分和頭銜——他們是碩果僅存的「大清留美幼童」！

在一八七二年到一八七五年之間，大清帝國前後選派了一百二十位幼童，送到美國留學；他們的年齡，在九到十五歲之間。按照計畫，他們將住在美國家庭裡，在美國讀中學，進軍事院校或大學理工科系，然後回國服務。雖然後來計畫因故終止，但是在美國近十年的薰陶，已經讓他們與眾不同。他們之中最著名的，一位是鋪設第一條鐵路的

詹天佑，另一位是中華民國第一任總理唐紹儀。

無論在中外歷史上，大清幼童的際遇，都是很奇特的一頁。在這個過程裡，有幾位關鍵性的人物。首先，容閎是一切的推手。他因緣際會，由香港到美國求學，從長春藤名校耶魯畢業。眼見西方文明之盛，再回頭看大清社會的腐敗落後。他覺得，唯有師法西方、而且從根救起，才可能振衰起敝。他所想到的，就是大量選派幼童，到美國受完整的教育，再回國一展所長。

容閎的抱負，如果沒有曾國藩的鼎力支持，當然不可能實現。晚清時期，曾國藩在朝廷上有舉足輕重的地位。然而，即使位極人臣，曾國藩還是要小心翼翼；環伺左右的，多的是懷舊排新、仇洋恨外的勢力。稍一不慎，不但幼童留洋的計畫功虧一簣，他自己的地位都可能受到影響。

和容閎和曾國藩相比，吳子登算是名不見經傳的小人物。然而，留美幼童整個計畫的轉折，卻是由他而起。幼童到美國之後，集中在康乃狄克州（Connecticut）的首府哈特福（Hartford）；為了就近照顧，也為了督導幼童，清廷在當地設了「留學事務局」，還派了督導人員。吳子登，就是事務局的第四任主管；他到任之後，在週末按慣例召集幼童，教授四書五經。可是，他發現，在美國家庭待上一段時日之後，這些幼童們已經沾染當地自由開放的習氣。他要求幼童行跪拜禮、背誦古籍、態度馴服謙抑；幼童們不服，更受不了他的鞭笞和呵斥，於是衝突日益嚴重。

吳子登稟報清廷，長此以往，這些幼童將與西人無異，不再以聖人教化為依歸。一連串的奏摺，再加上國內外政治情勢的風吹草動；清廷終於下令，終止留美計畫，全體幼童分批返國。幼童們等於是犯錯被遣返，所以千里迢迢回到故土之後，受到監視拘禁、類似犯人的待遇。

一八八四年，中法海戰；法國軍艦（鐵殼船）和清廷的軍艦（木殼船），在閩江口馬尾附近交戰。一陣砲聲隆隆、硝煙散去之後，半個時辰不到，清廷的福建水師全軍覆沒。被分派到福建水師的幾位留美幼童，花樣的年華就此畫下急促的句點。一八九四年，中日甲午戰爭爆發；在黃海海面，清廷的北洋海軍受到重創，又有好幾位留美幼童壯烈犧牲。

其他幼童的際遇，沒有這麼悲壯；不過，這些在美國土壤上迎接陽光、日益茁壯的菁英，就在滿清傾頹、民國肇始的動亂歲月裡，像草芥一般隨風飄舞、自求多福。

對於容閎、曾國藩、吳子登而言，他們的所作所為，可以說都是合情合理。容閎，基於自己的信念，推動幼童留美，數十年而不悔。曾國藩，考慮到朝廷情勢、自己政治處境，也只能順勢而為。吳子登，對美國風土人情陌生隔閡，堅持「中學為主、西學為末」；他認為幼童應該儘速回國、避免持續受污染，也是出於一片善意。

當然，幼童留美政策中途而廢，可以有諸多揣測。如果幼童的年齡再大一些，會不會好一些？如果就近照料監督的不是吳子登，政策是不是會持續？如果一切照計畫進行，幼童源源不斷的送到美國；學成之後，也持續的回國投入社會，清廷的命運乃至於中國近代史，會不會就此改寫？這些假設性的問題，令人好奇、引人遐思；不過，更根本、也更重要的問題，是由歷史、旁觀者的角度來看，大清幼童留美的作法，到底意味著什麼？又透露出哪些問題？**在一個正常穩定的社會，同樣年齡的小朋友可能會出國旅遊，到異地去接觸不同的風土人情；但是，他們不會被移植到萬里之外，在截然不同的土壤裡成長，肩上還背負著救亡圖存的重責大任！**

中國歷史上，一旦社會面對重大變故，特別是瘟疫蟲害水患等天災；朝廷就昭告天下，皇上下詔罪己。然後，選個黃道吉日，皇上齋戒沐浴，登壇向上天祈福，並且懇切承諾，以後會更克己復禮、崇道修德。千百年來，同樣的戲碼一再上演。

十八世紀工業革命之後，帶來了蒸汽機火車輪船等等；西方列強的勢力，活生生血淋淋的闖進自居為中土的古老帝國。一連串的挫敗和羞辱，不僅有識之士、連老大的朝廷都意識到，下詔罪己、禱告祈福的舉止，已經無濟於事。繼之而起的，是呼籲船堅砲利、中學為體西學為用、乃至於全盤西化。留美幼童，就是這種時代背景之下的產物。

和齋戒沐浴、下詔罪己相比，選派幼童留美的作法當然要踏實得多。然而，考慮當時的主客觀條件，這畢竟只是一種出於善意、想當然耳式的企圖而已。以一小群受過現代教育的幼童，就希望能扭轉一個龐大無比的古老體系；不但清廷無從配合，社會其他部分更是鞭長莫及。畢竟，社會要能長治久安，不僅需要一套能正常運作的典章制度；還需要在面對考驗時，有適當的機制，能因應、調整、自我更新。幼童留美計畫的波折乃至於中輟，並不是偶然，而幾乎是必然。

歷史學者黃仁宇，曾經寫道：「新中國成立（1949）之後，已具備數字管理的能力。」如果他有機會接觸大清留美幼童的史料，再想想中國歷史上面對變局和考驗時的作法，可能不會有如此天真、樂觀、簡單的判斷吧！

二、最後的貴族、永恆的試煉——小故事小道理之二

參加聚會的客人，陸續到來；不過，他們手裡都拿著一個大包包，而且進了院子之後，卻不直接進屋。在院子的角落裡，女士們脫下身上顏色單調、樣式古板的毛裝；然後，從袋子裡拿出色彩鮮豔、樣式活潑、剪裁合身的洋裝或旗袍；換上衣服、穿上摩登漂亮的高跟鞋，再拿出鏡子、抹上胭脂、擦上口紅、畫好眉毛。等一切都打扮妥當，他

們這才走進屋子，走進另一個世界。

這一幕，出現在章詒和《最後的貴族》這本書裡；對於中國大陸文化大革命前後，書裡有許多生動的描述，而這是其中令人印象特別深刻的場景之一；讀來令人動容，也令人掩卷。在烏雲密布、風雨交加、乃至於狂風暴雨的時代裡，一小群人希望以他們僅有的能力，張羅一個安寧的小角落；靠彼此的體溫取暖，也勉強維持自己一點小小的自尊。

在書裡，章詒和只是刻畫一個個的人物，只是為那個特殊的時代留下注腳；她並沒有臧否人物，也沒有對大環境提出分析或褒貶。然而，透過她所描繪人物的言行際遇，卻若隱若現的烘托出那個特殊的時代、以及那個時代所蘊含的意義。

兩小段情節，足以反映這些人物所身處的時代。《光明日報》，是共產黨同意下，由民主黨派所辦的報紙。一九五一年的某一天，中共中央和民主黨派各發表一項聲明。第二天，《光明日報》把民主黨派的聲明，放在頭版頭條；中共中央的聲明，放在頭版二條。沒想到，見報當天中共中央就下令，立刻追回所有的《光明日報》，特別是已經送往各大使館的報紙。

另一件，性質類似。一九四九年，新中國剛成立沒多久，民主黨派還很活躍。黨派所組成的民主同盟，要通過同盟的盟章。在中共中央的軟硬兼施之下，盟章明定：「民盟接受中國共產黨的領導」。民盟的領導人之一羅隆基認為，世界上沒有一個政黨的黨綱，會注明接受另一個政黨的領導。當然，他也不會預料到，在往後的歲月裡，中國共產黨還曾在自己的黨章裡，明列黨的接班人！

然而，令人驚異的，倒不是民主聯盟領導者們的天真；認為在中國共產黨的領導之下，還有其他民主黨派存活、甚至平起平坐的空間，而中共和民主黨派，真的可以「長期共存，互相監督」。最令人驚愕的，是書中透露出毛澤東的思維。他似乎認為：只要由中央採取措施，進行思想改造；那麼，全中國上下將風行草偃，一體遵行。他好像認定，只要憑著政治上一連串的措施，腦海裡想像的世界，就可以在真實的世界裡出現。

這是偏狹而天真的思維，完全漠視社會正常運作的脈絡；對於經濟體系的基本特性，更是一無所知。中國近代史上，這種現象並不少見。清朝末年，「全盤西化」和「中學為體，西學為用」的主張，固然無稽。另一方面，孫中山先生，公認是推翻滿清帝制、催生民國的推手。他所主張的「五權」，後來也成為一九三六年憲法的基本架構。五權，是西方所強調的行政、立法、司法之外，另外加上「考試」和「監察」這兩權。中山先生認為，這兩權是中國所特有，值得保存和發揚光大。

在三權之外加上考試監察，是他「結合古今中外學說的精華，加上自己獨自見到的道理，融會貫通而成。」然而，五權之間如何運作，不但沒有實際經驗為基礎，連學理上的支持都付諸闕如。這又是想當然耳式的書生之見，而竟然曾經是國家最高指導原則，影響幾億人口的食衣住行。

其實，把時間拉長，由歷史的角度來看，毛澤東和孫中山的想像，還有更深刻的意義。在一個正常運轉的社會裡，有一套合宜的典章制度，肩負著使社會正常呼吸生活的責任，也承擔了社會變遷時起承轉合的功能。**典章制度的分量和重要性，要遠遠超個人的舉止言行**。當然，這同時也意味著，每一個渺小的個人，責任也相對有限；個人的思想言行，也許會帶來典章制度些微的調整或修正，但是不至於帶來體制的崩潰、造成斷裂、一切要重新來過。可是，無論是孫中山或毛澤東的主張，在本質上都和傳統文化格格不入；他們所主張的，即使在某個非常特別的時空下出現，因為和社會基本的脈動差距過大，最多只是曇花一現、過眼雲煙。

而且，一個社會的歷史，是涓滴積累而成；即使有革命、即使改朝換代，千百年來所雕塑出來的思維習性，依然會深深的影響這個社會的走向。在中國歷史上，一向是大一統、中央集權（對一個幅員遼闊的帝國而言，中央集權也許是自然而然的發展）。中央集權，就是行政權凌駕一切；沒有能分庭抗禮的立法，也沒有能獨立運作、節制皇權的司法。中共建國後，民盟所受的待遇，不過是傳統歷史文化裡，黨同伐異的現代版而已。

中國大陸改革開放之後，經濟快速成長；如果維持目前的成長速度，很快就將成為全球最大的經濟實體。這種變化，可以說正符合了傳統歷史中、興衰起伏的規律。當前中國大陸的領導人，都經歷過文化大革命前後一二十年的政治動亂，親眼看到社會翻天覆地、民不聊生、家破人亡、路有餓殍的慘狀。因此，在權力的運用上，可能會盡量自我節制；希望能維持政治的穩定，讓經濟有發展成長的空間。

然而，這畢竟只是吃虧之後學了乖，一種自然反應而已；在根本上，還是脫不了傳統文化中的人治。除非經過長期的發展，政治上能由行政權獨大的局面，逐漸醞釀出一種彼此制衡的機制；而且，一般民眾的生活言行裡，也琢磨出對應的思維習性；否則，療傷止痛式的改革，將不過是歷史上朝代更迭中的插曲，最多是另一段文景之治或貞觀之治而已。

章詒和《最後的貴族》，為一個動盪的時代留下深刻的見證，注定要成為珍貴的史料，傳之久遠。不過，她書名中「最後」這兩個字，也許還有一些意在言外的含意吧！

三、華人性格中的菊花與劍

二次大戰期間，美國和日本是交戰雙方；為了更了解對手，美國政府的「戰時情資局」（Office of War Information）請人類學家羅絲班乃迪（Ruth Benedict）出馬，研究日本人的性格。她的研究成果，後來出版為一本書，名為《菊花與劍》（*The Chrysanthemum and the Sword*）。

她認為，日本人的性格，是一種奇怪的組合：既有菊花般的雅緻、內斂，又有刀劍般的堅毅、剛烈。兩種特性，彼此矛盾，又是極端的對比。然而，在地理、歷史、自然條件的雕塑之下，大和民族就形成這種令人又困惑又著迷的性格。《菊花與劍》出版之後，廣受好評，連日本人都覺得班乃迪觀察入微。這本書已經成為經典，是了解日本文化和日本人所必讀。那麼，如果要勾勒華人性格，又會得到什麼圖像呢？

華人社會，地廣人眾；華人歷史，上下五千年。以簡單的概念囊括十數億人口的特性，自然是捉襟見肘、掛一漏萬。不過，以閒情逸致、無傷大雅、治大國如烹小鮮的心情，揣測華人的性格特質，也饒有興味。仔細琢磨，華人的性格，似乎也是一種對立而矛盾的組合：小事實際、大事抽象；小處講利害，大處論道德。

華人性格上的特質，可以從小處開始揣摩。傳統文化裡，忠和孝這兩種特質都很重要。但是，和日本人相比，取捨卻剛好不同。日本的文化裡，「忠」比「孝」來得重要；華人文化裡，「孝」卻比「忠」來得重要——強調「忠孝不能兩全，移孝作忠」，可見一斑。這種對比，當然和兩個社會的歷史經驗有關。

日本的海島地形崎嶇，分散各地的小區域，逐漸形成類似藩鎮割據的結構。農民和武士，都隸屬於各地的郡主。郡主提供保障，農民和武士則貢獻勞力和服務，彼此脣齒相依。要維繫這種關係，「忠」顯然比「孝」重要。華人社會的歷史經驗，主要是綿延數千年的農業活動。絕大數民眾，以農耕自給自足；地理遼闊，帝力於我何有哉。然而，朝廷皇上也許遠在天邊，蟲旱水災和瘟疫卻常在左右。而且，農事耕作上，需要人手；生老病死、婚喪嫁娶，最好能互通有無。因此，大家庭、數代同堂、妯娌宗親等，目的都在發揮保險互助的功能。在這種環境之下，「孝」的功能顯然要大過於「忠」；表面上是倫理道德，實質上是成本效益。

華人文化裡重視倫常關係，正是有力的佐證。人際交往時，血緣關係固然重要無比；對於沒有血緣關係的人，也會試著納入倫常的體系，成為「近似」（pseudo）的血緣關係。年齡比父親大的長輩，就是「伯伯」；年齡小的，就是「叔叔」。和自己年齡相似的同儕，不是「兄」就是「弟」。一旦納入倫常體系，彼此在舉止應對上要容易得多；而且，循著倫常關係，就能發揮彼此與援的功能。因此，抽象來看，華人性格中重「實際」的特質，可以說是環境使然。在主觀和客觀條件的雕塑之下，重實際可以自求多福、趨吉避凶。一旦把範圍擴大，華人性格裡「抽象」（也就是不實際）的特色，同樣是環境使然。

地理上，「中原」是面積遼闊、平坦完整的一大片土地。南方的寮越高棉等，有丘陵峽谷高原等相隔，歷史上從來沒有北侵、造成困擾過。左邊有沙漠阻絕，形成天然的屏障；零星的商旅僧人，可能往返跋涉，但是大規模的軍事行動，卻鞭長莫及。右邊是大海，船堅砲利之前，不成問題。剩下的，只有北方來的強敵。因此，只要能擋得住北方的威脅，中原大地自成體系，唯我獨尊。

在這種特殊的地理條件下，歷代朝廷無不自視為「中土」，皇上自居為「天子」；大一統的思維，應運而生。英國和印度，都曾是獨霸一方的強權。然而，歷史上，英國始終和歐洲大陸的德法等國交流競爭；印度，和中東回教文明的互動往返，也無日無之。兩相對照，華人的歷史經驗，和英國和印度大不相同；因為地理上的特殊結構，華人文化自成一格，而且定於一尊。

然而，要統治幅員遼闊的帝國，畢竟不容易。交通不便、人口眾多、各地民情風俗迥異；在中央集權之下，要用同一套具體明確的規則，操作上很困難。最好的辦法，是發展出一種抽象的規律；簡單易懂，但是在解釋和運用上有很大的彈性，可以因地制宜。仁義道德，正好具有這些特質；四書五經成為聖人教化，朝廷再以這些道德理念操作官僚體系；官僚體系，以同樣的道德理念治理政事。

形式上，由中央到地方，似乎有一以貫之的遊戲規則；實質上，道德理念有太大的闡釋空間，好惡繫於一念之間。更重要的，是道德理念只是花拳繡腿，揮舞起來虎虎生風，令人目眩神搖，然而虛有其表；用來黨爭傾軋可以，碰上天災異族或洋槍大砲，可就無濟於事。

以道德理念處理國家大事，而不是訴諸於公共政策的利弊得失，顯然無稽。沒有敵國外患時，好壞差別不大；一旦真的碰上問題，當然就荒腔走板。朝廷可能就此壽終正寢，一切從新來過。然而，即使改朝換代，大環境的基本結構，依然健在。因此，數十百年之後，改朝換代的事就再度上演。長此以往，以中央集權治理百姓，以道德信念處理公共事務，當然對一般民眾產生影響。老百姓不能在公領域裡表達意見，只好在私領域裡自求多福。小事實際、大事抽象，小處講利害、大處論道德；華人性格中矛盾的組合，真是有以致之。

然而，人類歷史，畢竟不是一再重複的戲碼。工業革命之後，經濟活動像滾雪球般的膨脹擴大。古老的帝國，已不再是離世索居的中土。國際間的交往愈益頻仍，文化間的競爭也日益激烈；因緣際會，華人世界裡，香港和台灣又已經發展出獨特的法治和民主。長遠來看，這些經驗想必對華人性格有滴水穿石般的影響。

千百年之後，日本人是否還是「菊花與劍」，而華人是否還是「**小事實際、大事抽象**」，確實令人好奇！

四、續貂

《幼童留美》和《最後的貴族》兩本書，都是我在香港城市大學客座時所看。前者，是先在報上看了書評，看過書的朋友又讚不絕口；我自己買了一本，看了覺得很特別，又買了一本送人。後者，有點曲折。有一天中午，和系上同事一起吃飯；經過一樓的大學書店，吳雪平教授進去買了一本《最後的貴族》，借給我先看，並且保證是好看。三兩天之內，我就在當時長住的旅館裡看完；書確實好，我買了一小袋點心送雪平，聊表心意。

回台灣後不久，應邀到位於宜蘭礁溪的玄奘大學演講；主人是行文時自稱「台史公」

的許介麟教授，曾任台大法學院院長。他是日本東京大學科班出身的博士，對日本了解很深。在細雨濛濛的北迴鐵路上，我們聊起日本人的性格。他仔細解釋，對日本人而言，「忠」比「孝」來得重要；這是他的觀察體會，我不敢掠美。

三篇文章，都是希望提昇視野，由歷史和文化的角度，琢磨華人社會的特質。由現實轉向歷史文化，可能是一種逃避，也可能真正找到問題的癥結所在！

The Diamond Sutra
Economic Analysis
perceive with non-perception
stand with non-standing

第二章 告別的年代 是否 羅大佑？

一、告別的年代　是否　羅大佑？

這是我第一次踏進香港紅墈體育館，為的是羅大佑「搞搞新意思」的演唱會。我的心情有點複雜，但是帶著相當的期盼。

在華人世界裡，羅大佑是最著名的藝術家之一；他為中文的歌和曲揭開新頁，有開創性的貢獻。而且，他所作的歌曲，膾炙人口、老少咸宜。這兩個因素合在一起，他注定要在華人文化裡享有一席之地，他的作品也將傳之久遠，成為文化資產的一部分。

多年前開始聽羅大佑的歌時，只能用「震撼」、「悸動」這些字眼來形容當時的心情。〈亞細亞的孤兒〉裡的嗩吶聲，讓我想起幼時的情景：當時物質條件不好，孩童們廢物利用，把汽水或醬油瓶蓋壓扁；然後，中間打洞，用粗鐵絲串成一串、當樂器用，聲音就類似嗩吶。還有，當時住在小鎮上，眼看送葬的人扛著長條型的旌旗，黑白相間。〈亞細亞的孤兒〉裡的音樂，就不折不扣是記憶裡長長送葬行列那般的沉重、悲戚。

社會大眾的代言人

後來的〈戀曲一九八〇〉、〈戀曲一九九〇〉、和〈海上花〉等，叫好又叫座。然後，是〈東方之珠〉，這是羅大佑到香港之後的作品；這首歌，可以說唱出了香港和華人幾世紀以來的心情。我認為，這首歌是他的登峰之作；而且，單單是這首歌，羅大佑在華人文化中留下足跡，已經毫無疑問。

我對音樂完全外行，本身又五音不全；不過，依我淺見，羅大佑的歌曲，至少有幾點特色：最明顯的，是曲調很優美；只聽演奏，不聽歌詞，也是一種享受。其次，他對文字駕馭的工夫，令人讚歎；他不僅歌詞寫得好，詞和曲的搭配更是絲絲入扣，簡直就是巧奪天工、天作之合。最深刻的，當然是他觀察力敏銳，對人情世故、家園文化，都有自己的思維。而且，他像是社會大眾的代言人，用歌曲捕捉了人們內心深處的情懷。

不過，這些都算是後見之明。判斷歌曲好壞，其實非常簡單，只需要問：你喜歡不喜歡？喜歡，就是好；不喜歡，即使別人再渲染誇耀，還是無動於衷。羅大佑的歌，我喜歡。他歷年出版的錄音帶，總共有十多捲，我每一捲都有；後來發行三張CD，我當然不會錯過。事實上，在我研究室裡，只有這麼幾片CD：羅大佑的專輯、三大男高音第一次在世界杯足球賽演唱的專輯（第二次合作的專輯，有點太像流行音樂、好萊塢的味道太重；我買了之後不久，就送人了事）、還有韋伯（Andrew Lloyd Weber）前妻所唱《艾薇塔》（Evita）和《歌劇魅影》（Phantom of the Opera）的專輯。這幾張CD，我一聽再聽、百聽不厭。

在我的心目裡，羅大佑屬於一個很特別的層級，可以說已經是「超凡入聖」；他的作品，必然會禁得起歷史的考驗，也必然會成為文化資產的一部分。對我來說，他的地位有點像王文興。記得讀大一時在宿舍裡，躺在床上看他的成名作《家變》。看著看著，不自覺的坐了起來；因為，我覺得這不是一本普通的小說，將來一定成為文化裡的經典，心裡自然而然有了一股崇敬的情懷。等到後來和王文興面對面而坐，一起喝啤酒；看著眼前白皙儒雅的作者，覺得自己正在面對歷史人物。對於羅大佑，我也有類似的情懷；而且，我會毫不猶豫的宣稱，他是我的偶像——我很孤僻，偶像不多，屈一手手指而可盡數。

幾年前有一天深夜，我在施明德家喝酒聊天。施明德朋友多，手機不停的響，朋友從世界各地打來；男女都有，當然女性稍多。突然，他接了一個電話，是羅大佑打來的；我馬上插嘴，告訴主席：他是我的偶像，看到他、我會向他敬禮。主席要羅大佑過來，他說：「你趕快過來，這裡有一位台大的教授要向你敬禮！」廿分鐘之後，羅大佑和李烈出現在門口；我從沙發上站起來，向羅大佑舉手行禮致敬。我知道，自己不是以台大教授、也不是以專業經濟學者的身分，向羅大佑致意；我是以一個平凡的歌迷，向一位非常不平凡的歌曲作者致意。說得稍微嚴肅一點，作為華人的一分子，我是向這位為華人文化添增新內涵的人物致敬。

那是我和羅大佑碰面僅有的一回，直到這一次；在紅堪體育館，我坐在台下，欣賞偶像表演。我了解，羅大佑沒有公開演出、沒有新作發表，已經有一段時間；他幾年前推出的《戀曲二〇〇〇》，是和上海交響樂團合作。可是，那首歌我聽了好幾次，卻覺得不知所以；至少，那首歌沒有觸動我的心弦。也許，在蟄伏一陣之後，羅大佑會在這次演唱會發表新作，再一次引發大家心靈深處的共鳴。至少，我是這麼期盼著。

可惜，事實不是如此。演唱會的第一首，是羅大佑新的作品；這首歌的旋律，隱隱約約有其他作品的蛛絲馬跡。可是，卻沒有自己的個性，也不令人眼睛一亮、或心底一緊。這首新作揭開序幕之後，羅大佑一首接著一首，重唱他的舊作。老實說，我有點訝異，然後是有點心驚。

演唱會的問題，不在於他用一堆黑白照片、回顧香港的成長、對抗SARS的種種，乃至於追憶梅艷芳、強調她就是真正的香港精神。這些片斷，也許討好，但也僅止於此。對於羅大佑，他從來不需要討好別人；這些插敘，未免太簡單了一點。演唱會的最大問題，是羅大佑自己；從頭到尾，我感受不到他的熱情（passion）。對於一位出類拔萃、登峰造極的藝術家而言，沒有新的作品，而只能在過去的光輝裡打轉，一定是很殘忍的折磨。整個演唱會，我覺得羅大佑有演出、而沒有投入，有聲音動作、而沒有激情活力——我認為他表演得很勉強。

新的羅大佑？

演唱會的大半時段，都有點沉悶；唯一的高潮，是伍佰現身助唱時。他和羅大佑合唱〈愛你一萬年〉，帶動了全場的氣氛。伍佰的人，有十足的鄉土味，生猛有力；伍佰的歌，反映出一種微妙的揉合：有些靦腆、有些哀怨、但又隱藏著豪邁奔放的熱情和蓄勢待發的衝動。伍佰的歌詞，當然比不上羅大佑的深刻雋永；伍佰的音樂，也未必會被保留下來，成為文化資產的一部分。但是，在目前這個時點上，羅大佑的時代似乎已經過去，而伍佰（們）的時代已經到來。

在大家的心目裡，羅大佑不是靠華麗耀眼的服裝，也不是靠精巧壯觀的舞台設計；羅大佑不是F4或蔡依林等美少年或美少女，也不是帕華洛帝和多明哥等演唱家。羅大佑是那位身材長相都很平常、但是觀察力敏銳、情感充沛、心靈深沉豐富、對文字駕馭出神入化、創造力和靈感如湧泉、集才華與技巧於一身的人，而不是一位沉浸在昔日舊作光輝裡的人。在大家的心目裡如此，在羅大佑自己的心目裡，相信也相去不遠。

因此，如果羅大佑不再是（過去的）羅大佑時，也許他可以試著成為新的羅大佑。他可以成為教育家，播種音樂的種籽、培養未來的羅大佑；他可以成為慈善家，在華人世界巡迴演唱，撫慰社會大眾的心靈。當他為自己找到新的方向時，也同時為千千萬萬他的歌迷找到出路。

告別的年代、是否、羅大佑？

二、李天命的世界

在香港中學生和年輕學子的心目中，李天命和張五常兩人，都有非常特別的地位。他們的書，都是暢銷書，年輕學子們人手一本；而且，在許多人的心目裡，李天命和張五常是他們的偶像。

李天命的生平事跡，香港的年輕男女耳熟能詳。他在香港讀大學，主修哲學；畢業後，到美國芝加哥大學讀書。可是，因為天資太過聰穎，留在課堂上或校園裡，有點暴殄天物；因此，他曾回憶，當時常越過美加邊界到加拿大去，找其他留學生打「沙蟹」（梭哈），不舍晝夜。等他拿到博士學位，回到香港中文大學任教；因為有所為而有所不為，不願意和他人一樣寫論文、拚升等。結果，在英制下，一直保留當初應聘時的職等。

李天命的專長是「語理分析」，望文生義，這是對語言文字抽絲剝繭、追根究柢。除了講課深受學生歡迎之外，他也常作公開演講；一系列的演講錄音帶，也很暢銷。他最為人津津樂道、一提再提的事跡，是和傳教士韓那的世紀大辯論。韓那是加拿大籍傳教士，到世界各地宣揚福音；一九八九年，他訪問香港，和李天命公開辯論「承認有神論是否比無神論更為合理？」當晚座無虛席，氣氛高昂熱烈；辯論過後，當場由聽眾一決勝負。結果，李天命以三八〇比一九〇勝過韓那，轟動港埠，傳為佳話。

李天命的著作裡，最著名的就是《李天命的思考藝術》；初版是一九九一年，經過多次增修，到二〇〇五年已經是第三版，第五十刷。在性質上，這不是一本學術著作，而是屬於「科普」類——他把自己專長的語理分析普及化，向社會大眾傳教。透過很多實例，他一再強調：很多人在遣詞用字時，犯了語理上的謬誤而不自知。

譬如，在日常生活裡，很多人對語言文字不加思索；「以熟悉為清晰」，結果反而是語意不明，雙方各有所思、沒有交集。例子之一，是常有人正氣凜然的質問：「金錢重要還是朋友重要?」乍聽之下,金錢和朋友這兩個概念,都很熟悉、具體而明確;可是,這個問題本身,卻是模糊不明。因為,金錢有多有少,朋友有點頭之交、也有生死之交。和點頭之交相比,大筆白花花的銀子當然重要;和生死之交相比,區區之數的金錢當然不重要。因此,提出問題的用語很熟悉,但是問題的本身卻不清晰。李天命認為,類似的情形所在多有。

還有,一般人在論述時,常常前提並不成立,但是卻據以論斷是非。譬如,儒家認定,「凡人皆性善」;一旦碰上有的人行為似乎不很性善時,就以「既不性善,就不能稱之為人」來回應。還好,這只是阿Q式的回應,無傷大雅;可是,在政治的領域裡,這種論述方式卻往往成為鬥爭傾軋、整肅異己的托辭、譬如,「支持中國共產黨就是愛國,不支持中國共產黨就是不愛國」;「講閩南語就是愛台灣,不講閩南語就是不愛台灣」;類以的例子,在古今中外的歷史上,顯然屢見不鮮。李天命提醒讀者,藉著語理分析,可以戳破虛妄錯亂的言詞,直指鵠的。

不過,比較重要、並且和一般人有關的,是體會了李天命的語理分析,對於讀者有哪些實質上的好處?學了加減乘除,至少在買賣東西、食衣住行上,有許多具體的好處。學了藝術欣賞,比較願意上博物館和藝術館,比較樂意聽音樂及看表演。學了體育技能,可以自娛娛人。這些薰陶素養,都會為人生增添許多養分。還有,對一般民眾而言，經濟分析最直截了當的啟示就是：凡事注意成本效益，包括直接間接、眼前以後、金錢和非金錢的成本效益。相形之下，語理分析所隱含的啟示似乎是：注意言語，注意邏輯思維。

在《思考藝術》這本書裡，除了語理分析之外，李天命還提到他所信奉的最高價值——宗教式的愛情觀。愛情至上，可以為之生、為之死，一切以愛情為依歸。如果為愛情而動手打架，當然奮不顧身、死生不計。他表示，愛情可以是一種宗教，而他是這種宗教的信徒。他認為，「人生最大的意義，就是在於尋得真愛，……這種愛情價值是自足的，而且勝過天上人間一切事物的價值。為了這種愛情，金錢、權力、名位等等都可以放棄。……總括言之，愛情教徒既可以為愛而死，同時也是為了愛而活。」因此，對他而言，「生命誠可貴，自由價更高，若為愛情故，一切皆可拋。」

似乎，在他的眼裡宗教是一種「終極信仰」，而愛情就是這個終極信仰的內涵。也就是，愛情是決定行為的最高指導原則；一切行為舉止，都可以愛情為取捨的依據。譬如，電影院前排著一長串人買票，突然有一個莽漢插隊。如果是愛情宗教的信徒在場，他會自問：自己怎麼做，才會在「愛情」的量尺上，得到較高的刻度？如果出面干預有助於增添愛情，那麼即使干預的後果是白取其辱，被插隊的彪形大漢羞辱嘲弄、而別人袖手旁觀，還是在所不惜。因為，愛情是最重要的價值，其餘的都相形見絀、等而下之。

在經濟分析裡，通常都採取「價值中立」的態度；對於社會現象，不作價值判斷。可是，價值判斷，等於是在指引方向；如果不作價值判斷，就很難進一步考慮行為舉止。李天命的宗教式愛情觀，等於是揭櫫了一個「最高指導原則」，能作為指引讀者的自處之道。也就是，愛情至上就像「顧客永遠是對的」，能簡化思維過程，有助於面對生活裡的各種情境。和語理分析相比，李天命的愛情宗教觀，好像有更廣泛而實際的應用範圍。

但是，這種思維方式，也有潛在的缺失。在生活裡，往往要面對大大小小、各式各樣的情境；在很多情況下，都和終極價值（愛情或其他）沒有直接的關聯。勉強作聯繫，可能反而要耗費許多心力時間。譬如，中午到工作地點附近吃飯，到哪一家餐廳飯館呢？或者，自己想增強英文能力，是上補習班好呢？還是自力更生？這些都是生活裡實際的問題，需要思維判斷；可是，和終極價值（愛情）之間的關聯，卻不一定很直截了當。在這個問題上，可能還有待李天命揮灑一番！

香港的年輕人，對李天命很著迷；主要是因為他的語理分析，還是愛情至上論，還是他那特立獨行又精采刺激的生命軌跡？對其他地區的讀者，因為隔得遠，可能有不同的感受。對於新加坡、台灣和中國大陸的年輕人來說，李天命的種種，意義又是如何呢？

三、在苦澀和悲情之外

顧名思義，《文化苦旅》是帶著苦澀感覺的文化之旅。作者余秋雨，專業是戲劇思想史，曾經擔任上海戲劇學院的院長。這本書的繁體字版，於一九九二年底在台北發行；到二〇〇五年，已經印了八十刷以上。對讀者來說，這本書似乎是良藥苦口；雖然味道苦澀，但是大有看頭。對作者來說，這本書似乎是先苦後甘；雖然寫得苦澀，但是大有賺頭。

諾貝爾獎得主寇斯（R. Coase），在一九六〇年發表〈社會成本的問題〉（The problem of social cost）；幾十年來，這篇論文被引用了二千次以上。在所有法學和經濟學的文獻裡，這篇文章被引用的次數最多。經濟學者公認，這篇論文是當代「法律經濟學」的奠基之作；不過，經濟學者卻多次指出，這篇論文的名氣很大，可是「引用的人多，真正看過的人少」。然而，即使真正看過的人不多，經濟學者一再引用，一定有原因。

《文化苦旅》這本書，厚五百多頁，一點都不輕薄短小；耐著性子、真正看完，也要花上好長一段時間。可是，這本書既暢銷又長銷，一定也有原因。由讀者的角度著眼，至少有幾個可能的原因。最重要的，當然是作品的「內容」。在性質上，《苦旅》是作者到各地（包括海外）旅遊——特別是文人騷客匯集的地方——記下的所見所思。中國大陸面積遼闊，又載負了五千年的歷史文化；千百年來，自然累積了許多典故曲折。在一些特別的地點，如果能掀起歷史的帷幕，打開記憶的櫃匣，很容易就傾倒出引人遐思的點點滴滴。余秋雨的腦海裡，累積了一個豐富的資料庫；他睹物思情之餘，再旁徵博引，容易發讀者思古之幽情。

其次，是作品的「呈現方式」。在筆法上，他的筆觸不細膩、不粗獷、不瀟脫、也不放肆；相反的，他辭彙豐饒、想像力豐富，下筆時張縮自如、情和景交錯穿插。讀者不會有目眩神搖、瞠目結舌的反應，但是情緒上卻會感受到似有還無、欲語還休的起伏。再加上古老文化裡，多的是委曲幽怨的事跡；作者只要稍稍觸撥，就自然而然引發出濃淡不一的惆悵。作者調味的功夫好，讀者自己覺得受到感動、得到啟發。

最後，是作者其人。在結構上，《苦旅》有三個主要成分：人、事、和物。物，是作者所到的地方，眼睛所見；事，是作者所聯想的人，以及所發生的事；人，是作者自己的感受，以及他呈現事和物的筆觸。在書裡，余秋雨若隱若現；不十分耀眼搶眼，但是看得到摸得著。他的感受，有點苦，但又不是呼天搶地、鬼哭神號的苦。透過對事和物的刻畫，他烘托出一幅令人感傷、但又不至於痛哭流涕的畫面；這種情境和心境，讀者容易體會，也容易認同。

因此，「文化」和「苦澀」這兩種成分都不討好，但是在余秋雨的匠心獨具之下，《文化苦旅》這本書，反而成了近十年來華文世界裡的奇葩。作者的成就，值得肯定；他的貢獻，也應該得到掌聲和喝采。不過，除了這些表面上、直覺式的感受之外，《苦旅》這本書的意義，值得作進一步的推敲。具體而言，由社會科學的角度來看，可以把這本書當作材料；然後，試著琢磨一些比較深沉的問題。

首先，文章是一種媒介，作者透過文章和讀者對話，把訊息傳遞給讀者。就《苦旅》而言，不論是人、事或物，作者想表達的是什麼？除了各地的景緻之外，余秋雨還談了歷代的文人墨客、王侯將相，也隱約的浮現了他自己。他心中至少有些想法，希望傳遞給讀者。那麼，他的「核心理念」（core beliefs）是哪些呢？可惜，雖然書裡許多故事令人印象深刻，甚至令人反復沉吟；然而，如果要捕捉作者的中心思想，卻似乎是矇矓模糊，若有若無。如果率直的問作者：透過這些材料，想表達的到底是什麼？能不能用一兩句話，勾勒整本書的精神？對於這些問題，文采如余秋雨，說不定也會辭窮。

還有，經過歷史上各個朝代的興衰更迭，加上政治上的起伏動亂，大陸的名山大川、寶剎古寺，已經鋪上一層又一層文人雅士的足跡，也累積了世世代代的情懷思緒。可是，作者選擇呈現的，卻是「苦旅」，為什麼呢？用「苦」來代表，因為這是事實，還是因為容易討好，還是最能以苦鑑今、知興替得失？可惜，讀者感受到的，是一陣又一陣的苦澀，一股又一股的悲情；期望作者能指引迷津，或者至少能知其然、也知其所以然，作者卻似乎避而不答。

此外，余秋雨的背景，是戲劇思想史；對歷史、對文物景觀，都有一定的素養。加上個人的才情智慧，筆下的見聞引人入勝，有以致之。可是，對社會科學而言，各種現象都只是材料而已。透過這些材料，總希望歸納出一些原理原則；或者驗證現有理論，或者推出新的理論。也就是，對於《苦旅》所描繪的現象，希望能歸納出某些「規律性」（regularity）。很可惜，在這一點上，讀者的期望卻再度落空。

當然，這些對於《苦旅》和余秋雨的質疑，可能失之於嚴苛，有點強人所難。因為，余秋雨的專業，不是社會科學；雖然他有戲劇理論方面的訓練，可是對於分析社會現象的作用，卻未必能援引適用。他像是一位好的畫家，筆下所描繪出的景象，已經令人動容讚歎。闡釋畫中的意義，是其他人的責任，和畫家無關。

然而，余秋雨畢竟不是一般的畫家。他的筆下，不一定能點石成金；但是，他的才華、對文字的駕馭，確實已經接近從心所欲、指鹿為鹿、指馬為馬的地步。對他而言，文章的作用，早已經超越一澆心中壘塊的地步。他要讀者哭，讀者就會掉眼淚；他要讀者笑，讀者就會展顏而喜。當他已經達到這種境界時，事實上承擔了一種額外的責任。

對於他所呈現的景象，對於他所引發的情懷，他必須能說出一番道理，而不是讓讀者覺得苦澀悲情而已。可惜，至少在《苦旅》這本書裡，余秋雨卻沒有做到這一點。

書中最明顯的例子之一，是〈上海人〉這一篇。上海，因為位置使然，加上世世代代的累積，成為重要的商埠；人文薈萃，繁華耀眼。處在這個大環境裡，人們容易雕塑成某些特殊的性格。這個題材，如果處理得宜，很容易就能烘托出「現象」和「理論解釋」之間的關聯。然而，余秋雨卻錯過了這個大好機會。是不能耶、或不為耶？

無論是余秋雨或是別的社會科學研究者，在撩撥情懷之外，**如果不能思索和處理表象之下的問題；那麼，《苦旅》將只留下一些苦澀的腳印而已。數十百年之後，後人將仍然踏過這些足跡；差別所在，是苦澀又多了一層罷了。**

四、續貂

聽完羅大佑的演唱會之後，好兩天心裡悶悶的，不太能釋懷。剛好有位中國大陸的記者來採訪，我們談著談著，就談到了羅大佑。

年輕的記者，說一兩天前，他才專訪羅大佑，前後相處五、六個小時。當他和羅大佑分手時，他覺得羅大佑讓他想起古龍小說的結尾：夕陽將沉，劍客孤獨的背著長劍，落寞的向夕陽餘暉走去。說到這裡時，記者的兩眼已經濕潤、不停的眨；顯然，這也是一位有真性情的年輕人。當時，我就暗下決定，要記下自己對羅大佑的所見所思所感。

李天命和余秋雨，都有廣大的讀者群；兩篇文章裡提出的質疑，都反映了社會科學的執著：對於現象，不能只有描述或結論，最好能說出某種道理！

The Diamond Sutra
Economic Analysis
perceive with non-perception
stand with non-standing

第三章

葡萄成熟時？

——台灣民主二〇〇五

一、香港見聞錄

香港號稱東方之珠，在華人社會裡，占有非常特別的地位。因緣際會，我兩度在香港任教，耳聞目見，對香港多少有些皮毛之見。而且，三不五時，總會不自覺的把香港和台灣放在一起，對照比較一番。

香港大學生最明顯的特色，就是務實。上課遲到、偶爾缺席，大概是學生的通病，舉世皆然。可是，他們對於課程進度、家庭作業，表現都有一定的水準；打馬虎眼、敷衍了事的情形，幾乎絕無僅有。而且，大學一畢業，每個人都馬上進入人生下一個階段；或者繼續讀書，或者積極找工作，投入職場。

相形之下，對於台灣的大學生，也許可以用活潑、開朗、愛作夢、關心時事等等形容詞；可是，務實絕對不是其中之一。在自我要求、以及功課的表現上，學生之間有很大的歧異。好的，令人讚不絕口；差的，令人七竅生煙。而且，對很多大學生來說，「未來」和「事業」似乎都是模糊的概念。在大四那一年，或者因為沒有考上研究所、或者因為怕畢業找不到事、或者因為其他各式各樣的理由，很多人選擇多讀一年，不願意畢業。這種現象，專有名詞是「延畢」——延遲畢業。在香港，我問過很多同學，沒有任何人延畢；事實上，他們都很驚訝、也很好奇：為什麼台灣的大學生，會留在校園裡不畢業。

最直接的解釋，是香港學費貴；每個大學生，每年要繳四萬港幣（十八萬台幣）的學費。對於任何家庭而言，這都不是一個小的數目。而台灣的大學生，一年的學費只有六千港幣左右（二、三萬台幣）。兩相對照，在香港讀大學的成本高，在台灣讀大學的成本低。根據經濟學的需求定理，成本高的東西，當然少買點；牛奶麵包如此，讀大學也是如此。

不過，比較深刻的解釋，其實和大環境有關。香港位置特殊，是繁華無比的港埠；經濟活動，是整個社會脈動之所繫。而經濟活動，隱藏了無窮的機會；透過經濟活動，可以賺錢致富，可以光宗耀祖。參與經濟活動，未必能進身而富貴；可是不參與經濟活動，斷然沒有天上掉下來的禮物。因此，在每一個人的生活裡，耳聞目見，盡是周遭的人投身在各行各業；盡心盡力，力爭上游。

留在校園裡不畢業，等於是平白讓機會從眼前溜走、從手中消失。因此，蓬生蔴中，不扶而直；白沙在涅，與之俱黑。當大環境裡有強烈的競爭時，每個人自然而然的也投入競爭的行列。相形之下，台灣的大學生，卻感覺不到類似的氣氛。不參與經濟活動或追求事業學業，似乎不會有失落、放棄機會、耗費青春的感受。

務實的特性，也反映在香港的政治活動裡。直接選舉特首，當然更能展現直接民主的精神。可是，雖然大多數香港民眾，可能都認同直選；對於推動直選的方式、時間表，卻相對的要保留得多。呼籲在二〇〇七年直接民選特首的政見，並不是政界的主流，也不是一般民眾普遍支持的目標。

以我旁觀者的解讀，這和大學生不延畢的理由一樣：直選，固然是普世價值；可是，值不值得立刻直選，就要看直選的成本、以及直選所帶來的好處。如果主張立刻直選，可能引發香港和北京的衝突，而好處又不是明確直接；那麼，比較務實的態度，似乎就是先關注眼前具體實在的事務。先支持直選這個方向，但是毋需急切；走著瞧、等事情變得清晰具體一些時，再說——先處理手上已經有的果實，而毋需過分關注還停在枝椏上的飛鳥！

台灣的政治情勢，剛好相反。經濟活動上，因為一向和國際接軌，而且企業家要時時面對生存的考驗；因此，不至於耗費心力時間，在抽象的議題上打轉。可是，政治上，相當程度上是地區性事務，和國際社會無關；只要有人持續的鼓吹推動，就可能不斷的投入意識型態的爭議。意識型態之爭，虛無縹緲；可以滿足心理情緒上的需求，卻和實質利弊得失無關。然而，就是因為毋需面對競爭的考驗，反而可以長時間的耗去實質資源；某種意義上，這是政治上的「延畢」——停留在受保護的情形裡，不面對實質的考驗。

另外一點明顯的對比，和語言有關。十幾年前到香港，感覺很清楚：大部分人說廣東話，少部分人說英語；用普通話問路，可能會遭白眼。九七年香港回歸中國大陸之後，香港和內地的關係，愈來愈密切。大批的內地遊客，到香港旅遊消費；同時，有許多香港子弟，到大陸工作經商。自然而然的，香港講普通話的人愈來愈多；這和「愛國」無關，而和環境有關，是務實的特性使然。

台灣，沒有經歷文化大革命，沒有推動簡體字運動；在語言和文字這兩方面，可以說是全世界保留中華文化最完整的地方。台灣要和中國大陸一別苗頭，最有力的武器，就是宣稱台灣才是真正保存、延續、和宣揚中華文化的傳人。然而，本土化的浪潮下，普通話已經不再是官方語言；甚至，將來可能會把台灣話變成官方語言，而逐漸放棄普通話。如果台灣是自給自足的經濟體，當然可以自成體系、閉門造車。可是，形勢使然，台灣的經濟和大陸脣齒相依。

和其他國家的人相比，台灣的商人到大陸作生意，占有最大的優勢。語言文字、乃至於思想習慣上，都最容易進入情況。因此，放棄普通話而推動台灣話，是平白放棄自己現有的優勢。如果下一代台灣人只會台灣話，到大陸作生意吃了虧，只好再回頭學普通話。也就是，繞了一大圈，再回到原點。這不但是和白花花的銀子吵架，更是和自己以及自己的下一代過不去。然而，正是因為環境使然，台灣還在不務實的空間裡憑空揮拳。

因此，在廿一世紀初，如果要在香港和台灣之間作簡要的描繪，其實並不困難。香港，因為地理位置和歷史因素使然，經濟活動主導社會的脈動。台灣，因為地理因素和歷史因素使然，政治活動主導社會的脈動。香港人務實，舉止行為以實質的利害為考量；台灣人比較不務實，舉止行為往往以抽象、精神、心理上的利害為依據。

兩相比較，台灣人不太務實，香港人要務實得多。當然，如果說務實是優點，務實同時也是一種缺點。因為務實，所以容易著重具體、眼前的利益；經濟活動，最符合這種特性。可是，對於比較不具體、不明顯的利益，就沒有耐心和興趣。台灣人比較不務實，也就比較鬆散、從容。比較台北和香港這兩個大城市，也許台北的文化氣質就要濃厚一些；比較台北人和香港人走路的速度，香港人一定要快上好幾拍。

香港號稱是東方之珠，而台灣號稱是寶島。因緣際會，香港和台灣各發展出不同的特色；而且，形勢使然，彼此也無從截長補短。不過，對於華人社會而言，這兩個珠寶顯然都是珍貴無比的資產。

二、修憲乎?制憲乎?——粗探「全民公投催生新憲法」

現代民主社會裡,一般性的政治議題,多半透過代議制來解決。但是,偏好強烈的少數,往往藉著巧妙的合縱連橫,達到目的;多數人是一盤散沙,剛好是任人宰割的肥羊。不過,一旦超越日常政治、而碰上修憲或制憲的大事,就不再容許少數暴力。這時候,因為涉及國家基本憲政秩序、社會的長治久安,一定要符合多數人民的意旨。因此,在修憲或制憲時,以公民投票直接訴諸全體民意,確實有積極正面的意義。

在廿一世紀初,台灣地區出現了「全民公投催生新憲法」的呼聲;事關全台灣民眾以及後代子孫的福祉,當然要謹慎從事。對於涉及的各種問題,也亟待公開討論來釐清。其中最基本的問題之一,自然是「新憲法」的性質——所謂的「新憲法」,到底是由修憲而來,或是由制憲而來?

如果是修憲,問題要簡單得多。雖然「任務型國大」如何運作,還不得而知;可是,根據目前的憲法,確實有明確的修憲程序可以依循。只要符合法定程序,國旗、國號、國歌、領土、政府組織、語言文字等,都可以改弦更張。在新的憲法完成法定程序時，就是舊憲法功成身退、走進歷史的時刻。有些學者認為，「修憲有底限，國旗國號等基本事項不得更改」；這種見解，只是不辨菽麥的書生之見，並不足取。試問，如果修憲的過程完全合法，最後又經過全民公投通過，以新國號國旗國歌重新出發，誰曰不宜——即使是憲法守護神的大法官會議，相信也不至於斗膽推翻全民的意旨。

當然，這個過程的微妙之處，就在於「全民公投」。在現有的憲政結構裡，還沒有具體的法律，可以作為公民投票的依據。而且，公民投票，事實上分成兩個層次：一般議題的公民投票，以及對修憲結果的公民投票。

對於環保、核能廠、離島賭博等議題，不涉及憲政架構；只要在現有憲法之下，通過「公投法」，就可以依法辦理。可是，對修憲結果公投，是處理憲政層次的問題，必須在憲法裡有相關的規定。因此，要取得修憲公投的依據，必須先修改憲法，在憲法裡加入相關的條文；然後，下一次再修憲時，就可以針對修憲結果，進行公民投票。前後這兩次修憲，一次是為「修憲公投」取得法定地位，一次是依法對修憲公投；兩次修憲的時間，可能間隔很短（甚至只差一天）；不過，所有的作為，都是在憲政秩序下進行——受憲法體制的約束，同時也受憲政秩序下軍警民的保障和支持。

相形之下，如果新憲法是由制憲而來，問題就要複雜得多。制憲，通常是非常時期的作法。譬如，革命過後，推翻舊政權，需要制憲，美國是好的例子；或者，社會動盪，民心望治，制憲能凝聚向心力，這是一九三六年南京制憲的背景。不過，無論制憲的背景如何，制憲的現實條件，是絕大部分的民眾都有高度的共識；而且，手中握有軍權的人，支持制憲。這些情境，和廿一世紀初的台灣相比，有多少類似之處呢？

一旦要進行制憲，一連串具體的問題立刻湧現：制憲代表怎麼產生？制憲程序是如何、表決規則又是如何？制憲過程要進行多久？最後的公民複決，又依哪些規定辦理？如果公民複決不通過，要再次公投或延用舊憲法？這些問題，具體而微的反映出「制憲」的問題所在，也就是和現行憲法之間的關聯。制憲，必然要動用人力物力，試問錢從哪裡來？現有的國庫預算等，是依現有憲政秩序運作；誰有權動用納稅義務人的錢，去制定新憲法？而且，一旦要制憲，表明就是要揚棄現在的憲法、現有的憲政秩序。現有的司法體系和三軍警察等，是捍衛現有憲法的長城；任何人不循修憲程序、而倡議或著手制憲，立刻符合「非法顛覆政府」的要件。即使是三軍統帥，一旦有類似的舉止，也要受到司法機關的處置。

如果三軍統帥宣布要制憲，動用行政資源進行各項工作，試問如何站得住腳？三軍統帥的權力來源，是來自於現有的憲法；如果他可以凌駕憲法，將來的領導人不也可以依樣畫葫蘆嗎？這不就變成獨裁了嗎，不就回到民主政治所唾棄的「人治」嗎？可是，對於這些實質具體的問題，倡議制定「新憲法」的人似乎隻字不提。

修憲和制憲這兩條路，優劣其實很清楚。修憲，循法定程序進行，對於國家社會的長治久安，更奠下深厚扎實的基礎。制憲，目前似乎還停留在口號式的激情裡；不但進行的方式付諸闕如，和現有憲政秩序間的轉折接軌更是一片空白。如果冒然進行，徒然激化對立，造成人心浮動、社會不安、提供政治人物上下其手的機會而已。

雖然一經點明，修憲和制憲的高下立判；可是，在一部分人的心目裡，還是鍾情於制憲。在這些人的心目裡，他們希望能和過去的政權及體制一刀兩斷，一切重新開始；修憲，等於是承認過去體制的合法性，當然萬萬不可。不過，有兩點值得注意。首先，有這種情懷的人，現階段在台灣很可能是居於少數。藉著各種民意調查，可以反映出民眾對修憲和制憲的趨舍；每個人都要意識到，自己只是民意的一部分，而不就是「民意」。其次，今天的所作所為，會有長遠的影響；如果今天能輕易的切割過去，未來也可能面臨同樣的命運——後之視今，亦猶今之視昔！

「公投催生新憲法」的運動，顯然方興未艾；關於修憲和制憲的議題，也確實是公共政策論述的重要議題。長遠來看，台灣民眾在修憲和制憲之間的取捨，重要性可能並不下於最後得到的憲法條文！

三、葡萄成熟時？——台灣民主二〇〇五

民主，難以明確定義，但是「定期選舉」行政首長和民意代表，無疑是其中重要的一環。以此為準，在華人社會裡，台灣進展的步調，要遠勝於香港和中國大陸。

台灣民主發展的歷程中，民進黨的重要性無可置疑。在不同的階段裡，有不同的英雄豪傑各擅勝場，成就不同的功業。粗略來看，民進黨的人物，可以分成三期；前兩期的主帥，已經登場亮相；第三期的主角，似乎正在粉墨，準備上場。

第一期的民進黨人物，以施明德為代表。施明德浪漫熱情，有理想性格，而且願意承擔苦難；前後坐了廿五年的牢，民進黨裡無人能比，在世界各國也只有南非的曼德拉差堪比擬。然而，後見之明來看，施明德所代表的，其實就是簡單自明的理念——反獨裁、爭民主。在長期一黨專政之下，他的訴求很容易得到民眾的支持。施明德和他的夥伴，只要有足夠的膽識和勇氣，敢站出來，就算成功——而他無畏的站了出來。

面對一黨獨大，施明德等人反體制、衝決網羅。因為有正當性、反映民意，所以風起雲湧，氣勢沛然莫之能禦。然而，反獨裁的下一個階段，是爭取政權，需要不同的才

能技巧。第二期的代表人物，非陳水扁莫屬。在政壇打滾一二十年，陳水扁的特性，廣為人知、敵友皆然。他的反應快、頭腦靈活、政治敏感度高、有群眾魅力、沒有包袱，而且目標始終明確為一，就是「爭取政權」。

由立法委員開始，陳水扁旋風逐漸蓄積能量，漸成氣候，威力持續增強；因緣際會下，他總是驚險的贏得重大選舉。初選台北市長時，三人競選，他成為漁翁；第一次選總統時，又是三人逐鹿，他又是漁翁。第二次總統大選時，兩軍對峙，拜兩顆神奇子彈（wonder bullets）之賜，他又再次當選。然而，陳水扁的優點，也正是他的缺點。對政治人物而言，政治是一種志業，權力是終極目標；可是，對一般民眾而言，政治是必要的惡，權力只是手段而已，目的是處理眾人之事、提昇大眾福祉。陳水扁有才華和技巧取得權力，卻不能有效運用權力。而且，在爭取權力時，對手就是敵人；取得政權之後，沒有敵人，只好不斷塑造敵人，以維持政治動能。

前兩期民進黨的目標，分別是「反威權」和「取得政權」；第三期的重點，自然是「執政」。執政的意義，其實就是兩點：滿足主流（中間）選民的好惡，得到選票；兩者互為因果，循環不已。如果主流民意在乎意識型態，執政的內容就是不斷辦活動、運動、嘉年華會；如果主流民意在乎荷包、教育、治安，執政的內容就必須是柴米油鹽醬醋茶，否則就準備下台。民進黨第三期的代表人物是誰，似乎還不明確。

相形之下，稍稍回顧國民黨的發展歷程，也有許多啟示。早期的國民黨員，是投身推翻滿清的革命烈士；施明德坐了廿五年的牢，林覺民、黃興等人則是英年就義。內戰失利後，國民黨轉進來台。這時候國民黨的代表，是一批技術官員和菁英；他們勵精圖治、雪恥臥薪，積極推動建設、發展經濟。短短二三十年之間，讓台灣經濟連翻數番。能有這種成果，即使是專制獨裁，也算是有苦勞更有功勞。

國民黨在經濟上的成果，自然而然的轉化到政治上。歐美列強撤離殖民地時，「外來政權」分崩離析、抱頭鼠竄。然而，在歷次重要選舉裡，國民黨和友黨得到的票數，總是多數。（陳水扁參加四次重要選舉，兩次台北市長、兩次總統，其中三次得票都少於五〇%；最後一次稍稍超過五〇%，但很可能是受兩顆子彈之助。）能由外來政權轉化為多數黨，這是主流民意對經濟進展的肯定；台灣民眾對國民黨，可以說是厚愛有加。

然而，滿清因為長期執政而腐朽，國民黨也同樣逐漸步入後塵。當民進黨勢力日益壯大時，國民黨反而成為老大、由上而下、反應遲鈍、不會打選戰、新陳代謝慢的官僚體系——和當初他們所打倒的滿清朝廷相似，只有程度上的差別。因此，如果沒有兩顆子彈，國民黨可能重掌政權。可是，依民進黨和國民黨的發展軌跡看，一個往上成長，一個原地蹣跚；民進黨在國會、或地方縣市長、或總統大選裡獲勝，很可能只是時間早晚而已。

廿一世紀初，民進黨已經長於選舉，正在學習執政；相形之下，國民黨不但在學習成為在野黨，也還在學習如何打選戰。不過，這只是問題的表象而已。民主政治成熟之後，選舉裡輸輸贏贏、上上下下，本來是常態。台灣民主發展更根本的問題，是支持民主的骨幹、也就是法治（rule of law）還有待發展。

名目上，法治是指司法體系獨立運作，和行政部門彼此既支持又制衡；實質上，法治是指一種憲政文化，各部門的運行、公共事務的處理、公私之間的分野，都有理可循，而且以成文法和不成文法（傳統、慣例）為基礎。

小事一則，可以看出台灣法治文化的薄弱。不久前，陳水扁和宋楚瑜會面，並簽訂備忘錄十條。可是，陳水扁是行政首長，如果要接觸政黨領袖，是和國會裡的政黨領袖會面；宋楚瑜是在野黨領袖，當然可以和其他政黨領袖會面，但是民進黨的領袖另有其人。在政黨政治裡，扁宋會於黨於政都是荒腔走板。在正常運作的憲政國家裡，這是難以理解、不可想像的事。因此，摸索出適當的、可長可久的憲政文化，是台灣民主發展的重要挑戰。而且，在傳統文化裡，司法一向是政治的工具。發展出獨立運作的司法，更是台灣民主步上成熟坦途的終極課題。

就現階段而言，台灣民主發展的成果，到底如何呢?答案是：比上不足，比下有餘。比下，有菲律賓；比上，有愛爾蘭。前不久，菲律賓的蒲佛南多二世（Fernando Poe Jr.）壯年過世；這位知名影星曾競選總統，政見之一，是讓菲律賓人民三餐有飯吃。然而，他本身經常酗酒，也常因而取消既定的政見發表會。台灣的總統候選人，絕不至於此。另一方面，愛爾蘭一向是英倫三島最窮的地區之一。一九九三年，愛爾蘭國民所得每人一萬四千美元；當時，台灣是每人一萬一千美元。不過十年，今非昔比、分道揚鑣矣。二〇〇三年，愛爾蘭每人所得三萬八千美元，台灣每人一萬三千美元。

台灣的民主要成熟、民眾要享受甜美的果實，可能還需要經過相當時間的醞釀和考驗吧！

四、績貂

香港和台灣，有很多不同；作比較時，如果剪裁得宜，會有許多啟示。香港人口裡，有許多是來自中國大陸的「新移民」；由經濟活動的底層開始，以勞力換取所得，力爭上游。因此，香港地鐵裡，乘客的臉上，有許多是飽經風霜、為生存而奮鬥的面容。相形之下，台北捷運裡，上班時間之外，乘客多半是休閒打扮，舉止從容，一副生活步調不急不徐的模樣。經濟發展二三十年之後，台灣已經有相當的中產階級，心情上已經比較舒緩——即使在二〇〇三年，香港的每人所得是兩萬兩千美元，而台灣則是一萬三千美元。

經濟發展之後，中產階級形成，開始追求民主。然而，**發展民主和發展經濟，是兩條不同的軌跡，會碰上不同的問題**。在民主發展過程中，台灣還在摸索顛簸；什麼時候才會有成熟穩定的民主，目前還不明朗。這個過程對台灣固然無比重要，對整個華人社會當然也有非常深遠的影響。

The Diamond Sutra
Economic Analysis
perceive with non-perception
stand with non-standing

第四章 香港大埔的許願樹

一、人不為己，則如何？

在傳統智慧裡，有這麼一句：「人不為己，天誅地滅」。雖然這句話耳熟能詳，可是稍微細究之下，卻大有問題。這句話既不是描述事實，因為天誅地滅從來沒有出現過；這句話也不是規勸世人，與人為善。既非實證（positive），又不是規範（normative）；我一直很好奇，從那裡蹦出了這種傳統智慧。

幾年前有一天，我在研究室看書；多年不見的學生突然推門而入，希望我幫他寫介紹信。我靈機一動，要他先去捐一筆錢（一千台幣）給慈善機構，然後再找我拿介紹信。事後想想，覺得自己的作法雖然有點特立獨行，也有可取之處；至少，我創造了一種「三贏」的局面：學生付了錢，拿到介紹信；我花時間寫介紹信，但是心裡很舒坦；慈善團體收到捐款，能推動業務。憑空創造出一種產權結構，我心裡還頗有點成就感。

一日有了開始，往後就容易了一些。二〇〇三年初，我到香港任教一學期；班上有一個美國來的交換學生，表現非常出色。學期中他請我寫封介紹信，好申請獎學金；我欣然提筆，沒提錢的事。等我回到台灣不久，他從美國打電子郵件，又請我寫介紹信，這次是要申請讀法學院。我回信告訴他，第一封信免費，第二封起要付費；他先捐五十美金給任何一個慈善團體，我就會動筆。他立刻表示，非常樂意捐出五十美金，給一個和中南美洲國家有關的基金會。當然，我也依約寄出我的介紹信。

天下不該存在白吃的午餐

最近，我在某個刊物上發表一篇短文，裡面剛好提到一篇舊作。沒多久，一位讀者來信，希望我能提供那篇舊作。我回了一封電子短函，宣稱只要他捐出兩百到五百台幣，舊作立刻奉上。其實，對我而言，舊作只是一個電子檔；與人為善，反掌之易。但是，我認為天下不該有白吃的午餐，權利和責任應該彼此呼應。

沒想到，這位正在讀博士班、素未謀面的朋友，很快的就再次來信；他說很高興有機會因此結緣、累積福德。他已經捐了三千塊台幣給慈善團體，還附上電子收據。雖然錢不是捐給我，但是付了三千大洋，只得到一篇兩千字的短文，我於心不安。因此，除了提供那篇短短的舊作之外，我又寄給他一些其他的文稿，還提供他一份書單。

這幾次經驗，都很別緻有趣；不過，都是由別人口袋裡掏錢，事不關己。最近發生的一件事，情況有點類似，而感覺卻大不相同矣。二〇〇四年的第一天，我由台北飛香港，再到城市大學客座一學期。因為學校宿舍已經住滿，我就由校方安排，住進附近的一家酒店。酒店位在市區，本身和火車站及大型購物中心相連，人氣很旺。到酒店是傍晚，稍稍安頓之後，我就四處逛逛，還到二樓的超市買了些什物。

第二天早上，在房間裡吃了前晚買的土司和起司醬。沒想到，下午開始肚子出問題，一直進出洗手間；挨到晚上，情形更糟，半夜裡起床好幾次。回想一天的作息，心想吃壞肚子的原因，唯一的可能就是那盒洋蔥口味的起司醬。由冰箱裡拿出一看，罐底的有效日期，竟然是二〇〇三年十二月二十七日！我是一月一日買的，已經超過使用期限好幾天。到字紙簍一找，前一天的收據還在；我想，這可好，人證物證都在。

身體雖不適腦子卻清醒

第三天是周六，我勉強起床，身體已經很虛弱；九點左右，我帶著收據和起司醬，到二樓的超市。收費員找來上司，年輕的主管表示，很樂意換一罐新的給我！我很訝異，竟然是這種回應；我希望先去看醫生。半個小時之後，我已經癱坐在椅子上，救護車終於來到。超市派了一個人，陪我到醫院急診；廣華醫院離酒店不遠，這是我在香港第一次進醫院。到急診處掛了號，自己掏信用卡付錢，然後拿到號碼牌，坐著等。我四處瀏覽，發現牆上有一告示：最急的病人，不需等候；急症，等十五分鐘；我被判定是半急診，要等四小時。早知道，到私人診所去看要省時省事得多。

坐在硬冷的塑膠椅上，頭斜靠在灰白的牆上，想必一付枯槁的病容；可是，說也奇怪，雖然我身體很不舒服，腦子卻清醒得很。我想，事情本身再清楚不過：作為消費者，我有一丁點的責任，要看看食品的有效期過了沒有；相形之下，超市的責任要大得多。依他們的人力物力、專業要求、和營利事業的性質，有責任定期檢查貨架上的食品，把過期的食品下架。因為他們的過失，造成消費者（我）腹瀉肚痛；因果關係明確，他們當然要負起適當的責任善後。

還好，等了兩小時左右，就見了醫生。醫生要言不煩，問了幾句、按摸幾下，作成判斷：到旁邊先打一針，觀察一個小時，然後拿藥回家休養。經過這一番折騰，回到旅館，還是不停的上廁所；不過，打針吃藥之後，情形稍微緩和了一些。我心裡想，新年新希望，好的開始是成功的一半；剛到香港，新年初三就入院急診，真是好個開始！幾天過後，我已經完全恢復正常；不過，雖然超市一直還沒有和我聯絡，我自己卻陷入一種小小的考驗。

當超市為這件事善後時，免不了要處理賠償問題。依我看，換一盒新的起司之外，還有醫療費；此外，因為連續腹瀉，無法工作和休閒，也是損失；當然，這段經歷帶來的苦楚，超市也該負責。前面三項，都很具體；工作和休閒，可以依我的（或任何有同樣際遇的人）工資計算。可是，苦楚和精神心理的損失，卻不容易有參考點。不過，如果像寫介紹信一樣，我要求超市賠償精神損失，但是不放進口袋，而是捐給慈善事業。那麼，我會振振有辭，理直氣壯得多；即使我獅子大開口，超市恐怕也不好辯解推辭。

牽涉公益團體即具正面意義

然而，曲折微妙之處，就在於「利己」與「利他」的差別。為自己要求精神賠償，雙方都會遲疑猶豫；把懲罰性的賠償作為捐款，反而容易轉圜迴旋。而且，似乎人同此心，心同此理，大家都會認同這種作法。因為，超市犯了錯，固然應該受到懲處；如果受損的那一方得到大量精神賠償，似乎有點「因禍得福」的味道。所以，當有人在麥當勞被熱咖啡燙傷手，要求上千萬美元的懲罰性賠償時；一般人覺得不以為然，大概就是這種心理。可是，如果把千萬美元捐給慈善事業，可能陪審團反而樂見其成。**因此，在處理兩造衝突時，除了調整當事人本身的權益之外，如果能把公益團體（也就是社會大眾的利益）牽涉在內，顯然有很正面的意義。**

要學生捐錢，我才動筆寫介紹信，自己覺得心安理得；可是，對於向超市請求賠償，然後捐給慈善事業，我卻頗有斟酌。因此，問題的關鍵，似乎不在於人是不是為己，而是人願意為自己到什麼程度，而又願意為別人負荷到什麼程度……

二、香港大埔的許願樹

二〇〇〇年九月到二〇〇一年八月，我利用休假到英國牛津大學待了一年；耳聞目見，都發而為文，後來輯成《會移動的城堡》一書，自己覺得還算滿意。二〇〇三年一月，我應邀到香港城市大學客座一學期。有前車之鑑（正面語意），我希望也能以旁觀者的角度，描繪香港的社會人文現象；一方面作見證、留下鴻爪，一方面探索東方之珠這個特殊的資本主義天堂。

可惜，也許是時間太短，浸淫不夠；雖然我張大雙眼和豎起雙耳，可是收穫有限。筆下有些許成果，可是自己並不滿意。不過，雖然成果有限，回台灣後再想起那幾個月的時光，有幾件事印象卻特別鮮明。

有一次，利用週末到著名的黃大仙廟玩，在廟前發現了有趣的一幕。黃大仙廟香火鼎盛，香客遊客絡繹不絕；除了廟旁一長列香燭店之外，在廟門口還有十來位提著籃子的人，向路過的人兜售香燭。不知道哪些因素因緣際會，這些人摸索出一種遊戲規則：大家排成一列，前後相隨；有遊人或香客走近時，大夥兒不是一擁而上，而是由排在最前面的那個人迎上前去推銷。無論成與不成，過後就走到行列的最後，等下一次機會。周而復始，井然有序。

因為叫賣香燭利潤不會太高，所以排隊兜售的人，多半是上了年紀的，因為他們的機會成本較低。我私自忖度，如果有年輕人置身其中，大概是身體上有殘缺，不容易找到其他的職業。心裡想著，眼前竟然真的看到一位壯年男士，就是缺了左手手掌；當時，心裡還有一絲得意，覺得能洞察人情世故。後來，我把這段見聞寫成文章，上課也當講義發，和同學討論。我指出，排隊兜售香燭，是一個「小均衡」，這個均衡有一些特性。等到我出家庭作業時，就要學生們依樣畫葫蘆，去描述生活裡觀察到的某種均衡，並且分析臧否。

等學生繳了作業，我慢慢欣賞，發現學生們都很用心。有一組報告描述午餐時，有些學生在學校食堂裡午餐，有些人則是到附近的市場覓食，形成「分離均衡」。還有一組同學回憶讀中學時，在社區籃球場占場地鬥牛、使用場地的遊戲規則。在十幾組報告裡，我大感意外的是一篇關於「許願樹」的報告；當時的感覺，只能用眼睛一亮來形容。

大埔區位在香港新界，區內有一個村落叫林村，林村裡有個天后廟；天后廟的規模比不上黃大仙，不過也是香火不斷、遊人如織。在天后廟旁，有幾棵巨大繁茂的老榕樹；老樹古廟，烘托出一幅寧靜祥和的景象。

不知道從什麼時候開始，善男信女們覺得廟裡的神祇有靈，廟外的老榕也有靈。因此，在廟裡參拜之後，再紛紛向幾棵老榕祈福。為了表示虔誠的心意，信眾們把神符和寫好的心願紮在一起、再綁上三兩個紅橘，然後在樹下一起用力往上拋。如果紅橘和祈福都掛上枝椏，表示老榕樹接納了信眾的祈求，心願一定能實現；如果紅橘落回地面，就再以更虔敬的心情祈福、再往上拋。心誠則靈，老榕樹總會接下芸芸眾生的重擔。

在每年春節和特殊的節慶前後，到天后廟的信眾特別多，許願樹上就掛滿了神符、許願條、和紅橘，成了一幅很別緻特殊的景觀。然而，即使幾棵老榕再有廣納眾生的胸懷，也無法負荷源源不絕的人潮和許願、以及那數以百計的紅橘。所以，附近的三兩居民，就定時卸下樹上高掛的紅橘。紅橘回收之後，曾經掉落地面的，固然不再保留。可是，許多第一次就掛上樹梢的，還完好如新；食之未必有味，棄之卻是可惜。最好的去處，似乎就是賣給其他的信眾。

因此，在天后廟旁，就出現了這種特殊景觀：賣紅橘的攤位有兩種，一種賣新鮮的橘子，另一種賣回收的二手橘。新橘當然價格較高，二手橘也一樣有市場。初到天后廟的人，可能分不清新舊；許多善男信女是常客，卻是知道兩種橘子的曲折。令人好奇的是，既然橘子有兩種，是哪些人買新橘，又是哪些人買二手橘呢？

經過一陣觀察，似乎稍有端倪：買新橘的人，是年輕的情侶、是偶爾到天后廟的人、是經濟情況較好的人、是神色凝重（有要事相求）的人；買回收橘的人，則是中老年人、是到天后廟的常客、是經濟情況較差的人。

這是學生們的觀察，我覺得非常深刻精緻，就打了一個很高的分數，並且希望他們能把報告投稿、刊載在某個刊物上。不知道後來他們有沒有做到，但是這份報告一直留在我的腦海裡；三位執筆的同學之一，名叫林禮康，是一位笑口常開、樂觀進取的大男生。我離開香港前，他告訴我已經找到工作，畢業後將去大型購物中心「又一城」五樓的一家樂器行；又一城就在城市大學旁邊，他要我下次去時一定要找他。

事後想想，無論是黃大仙廟前或天后廟旁的景象，其實都透露了一些值得琢磨的訊息。黃大仙廟前的香燭小販，會形成魚貫而上的秩序，顯然是好幾個因素湊合、形成一種微妙的「均衡」。支持這種巧妙的均衡，有好幾個條件；可是，一旦條件改變，均衡可能就消失不見。譬如，如果香客人數突然暴增，想必有更多的小販加入，甚至包括年輕力壯的人；相反的，如果善男信眾變成門可羅雀，有誰願意在廟前排隊叫賣香燭！

天后廟旁許願樹上和樹下的紅橘，情況當然也是如此。如果紅橘大豐收，價格大跌；大概很少人會去買二手橘，也大概很少人會去回收樹上的橘子。因此，抽象來看，**社會現象都不是憑空出現的；在社會現象的背後，都有支持的條件**。如果能試著歸納出「現象」和「支持條件」之間的關聯，等於是掌握了一些人類行為的原理原則。利用這些原理原則，可以去解讀其他的社會現象。

當然，「均衡」表示一種穩定的狀態、眼前的現象會重複出現。因為穩定而又重複出現，所以旁觀者可以好整以暇，慢慢的琢磨，逐步摸索出均衡背後的支持條件。但是，一旦眼前的現象不是處於均衡的狀態，這種思維方式就必須改弦更張。那麼，對於偶爾才出現一次的現象，該如何解讀呢？對於全新的情境，又該如何因應呢？甚至，對於模糊未定的狀態，又可以怎麼導引情勢呢？這些問題，恐怕就不是三言兩語能說得清了。

我一直覺得大埔的許願樹很有趣，可是想去、卻還沒有去看過。再到香港客座時，我想我會找林禮康，要他帶我去看天后廟旁的許願樹；而且，也要再去黃大仙廟走走，看看廟門口是不是已經又是另一番景象！

三、天使手裡的預算書

年齡漸長，清純的程度漸減，心目中的英雄，也愈來愈少。不過，在知天命之際，如果要我列出三位「我的英雄」（my heroes），那麼布坎楠（James M. Buchanan）一定是其中之一。而且，我知道，他不只是我的英雄，還是許許多多人真誠景仰的英雄。

布坎楠的學問和道德，都大有可觀。他手創的「公共選擇」（public choice），是經濟學裡最活躍的領域之一；在經濟學原理的教科書裡，都少不了有專章介紹。他自律嚴格，清晨四點起床，開始作息；到八點鐘開始上課時，已經工作了四個小時。當他在一九八六年得到諾貝爾獎之後，也沒有停下腳步；即使現在已經年過八十，依然論述不輟，不斷有新作發表。而且，至少到目前為止，沒鬧過緋聞或逃漏稅的情事。這樣的英雄，認了安心、想來也窩心。

布坎楠出身田納西州，是美國南方的農業區；我一直認為，他勤奮刻苦的性格，是環境使然。後來在二〇〇〇年休假時，到英國遊學；去蘇格蘭最大城格拉斯哥（Glasgow）玩時，看到有一條主要大街以布坎楠（Buchanan Street）為名，才知道布坎楠是大姓；先人的餘蔭，可能也影響到他的性格。

當初會接觸布坎楠，純粹是偶然。我拿到學位，回母系教書時，有一門課是「財政學」——原來教課的老師，當財政部長去也！剛開始，我用的是馬斯葛瑞（Richard Musgrave）的名作；這是財政學裡的經典，我也覺得教來很有收穫。

可是，因緣際會，我開始接觸布坎楠的論著；當時的感覺，只能用「一見鍾情、為之傾倒」來形容。在智識上，有那種乍見光明、更上層樓、覺今是而昨非的情懷。在那一段時間裡，他出版的每一本書我都買，他發表的每一篇文章我都讀。後來才知道，像我這樣的「追星族」為數還很不少。

既然布坎楠曾經寫過一本財政學教科書，我當然也就去彼取此；我用的是第六版，一九八六年出版。雖然是大學部的教科書，我每教一次，就細讀一次，而每次也都有新的體會。前後教了十餘年，年年如此。

布坎楠的學術精華，由那本教科書裡，也可以一窺端倪。傳統的財政學（包括佼佼者馬斯葛瑞的書在內），就是探討政府的「稅收」和「支出」。政府收稅的時候，要考慮公平和效率；一隻牛最好只剝一層皮，有錢的人最好多繳稅。另外，政府用錢的時候，要考慮到成本效益，也要注意經濟穩定和經濟成長。還有，公共支出要把錢花在刀口上，要縮短貧富差距，也要促進繁榮富庶。

對於這些傳統智慧，布坎楠卻指出關鍵性的盲點。無論是稅收或支出，都不是憑空出現，而是透過政府來運作；除非先了解政府本身的特性，否則公平效率、正義平等式的論述，將只是想當然耳的呼籲而已。因此，要了解財政問題，值得先探討「政治過程」(political process)。而且，政府所維持的法治，提供了一切經濟活動的環境；了解政府的作為和政治過程的性質，才能真正掌握經濟活動的意義、以及政府收支的來龍去脈。

我認為，透過布坎楠的指引，不但能體會財政學的精義、更可以了解經濟學這個學科的基本精神。事實上，很多學生告訴我，上了財政學（布氏學派），才對經濟學有比較清楚的概念。

布坎楠對政治過程的分析，不但讓財政學改頭換面，更徹底的改變了大家對政治過程的認知。當他得到諾貝爾獎時，媒體大幅報導；記者希望他一言以蔽之，總結他學說的精華。布坎楠毫不猶豫的回答：「官僚不是天使！」(Bureaucrats are not angels!)——這句話，和另一位諾貝爾獎得主弗利德曼（Milton Friedman）的名言「天下沒有白吃的午餐」一樣有名；當然，兩句話之間如何連結，本身就是有趣的益智遊戲。

布坎楠的意思很清楚，你我都希望賺錢多、住漂亮的房子、出入有司機轎車代步；官僚也是人，也有自己昇遷或選票的考量。政府的收入和支出，主要是操縱在官僚和政客的手裡（官員和政治家是比較文雅的用語，其實指的是同一群人）。如果追求大眾福祉，有益於他們的選票或昇遷，他們才會設法增進大眾福祉；否則，他們個人利害的考量，永遠會放在其他考量因素之上。——官僚不是天使。當然，你我也不是。

那麼，在哪些情況下，官僚們比較照顧到民眾的福祉呢？

我記得在英國時，財政大臣布朗（Gordon Brown）曾在國會報告年度預算；第二天，各大報都作成專題報導，以鉅細靡遺的分析，說明政府各項收支計畫、將如何影響各個家庭。而且，還有具體的設算，讓一般民眾知道，自己的荷包到底會如何變化。當時，我很驚訝，在一個人口五千萬的國家裡，政府的財政預算和小老百姓之間，竟然可以有這麼清楚、這麼直接的聯結。

是哪些因素，使英國官僚們的作為，有一點天使的氣味呢？他們常常掛在嘴邊的口號是：「時時以被統治者的好惡，作為本身思維取捨的依據！」那麼，是這種菁英式政治的高貴傳統使然嗎？

我相信不是。如果那個口號成立，布坎楠的學說必須改寫；譬如，改成「美國的官僚不是天使！」。可是，為什麼在英國會有天使，而其他地方卻沒有？我認為，能讓政府預算契合民眾個人的利害，主要還是民眾手裡所掌握的棍子和蘿蔔。能照顧到他們荷包的官僚政客，他們賞以蘿蔔；不能帶給他們具體實利的，他們饗以棍子。經過歷史上一次又一次的選舉、也就是一次又一次的考驗，英國的政客官僚們已經學會了要具體務實

——二次大戰同盟國勝利之後，美國人把艾森豪送進白宮，而英國人卻把首相邱吉爾請出唐寧街十號，因為英國的經濟不夠好！

布坎楠曾說：「關於天使的世界，我們還沒有任何理論來解釋！」（We don't have a theory for the world of angels!）確實如此，由天使們所組成的世界，毋需我們擔心。不過，我很好奇，在天使的世界裡，怎麼解決公共支出和稅負收入的問題呢？天使手裡的預算書，又會是何等模樣？……

四、續貂

寫介紹信要「收費」的作法，很多人都覺得無法接受。一位學界的朋友就率直的表示：依此推論，如果同學一直問問題，老師是不是也要向他收費？我的回應是，對任何一位老師而言，如果同學一直問問題，總會想出方法來因應；例如，簡單回答、要同學先自己去找資料看、要同學先自己想一想……。這些其他的作法，都隱含某種行為上的「價格」，只不過是「非貨幣」的價格（non-monetary prices）而已。

事實上，要同學先捐錢、再拿介紹信的作法，已經不再是「只此一家」；一位香港的經濟學者，就曾經告訴我，他目前的作法是：第一封介紹信，免費；第二封，要同學先捐錢給任何慈善機關，港幣兩百（台幣八百左右）。已經有好幾位同學捐錢，金額都超過港幣兩百，而且都表示支持這種作法！

第三篇文章，是應香港《明報》而作，選定在香港財長報告年度預算當天刊載。財長宣布，即日加徵高級轎車特別捐。沒想到，不久媒體就披露，新措施實施幾天前，財長自己買了一輛高級轎車；既然是在新制實施前，就省下了大約幾萬港幣的稅。一經報導，當然引發軒然大波。財長表示完全是無心之過，願意把雙倍的錢捐給慈善事業。經過調查，財長沒有法律責任，但是基於政治責任而辭職。

The Diamond Sutra
Economic Analysis
perceive with non-perception
stand with non-standing

第五章 國家於我何有哉？

一、好問題，答案呢？

華人社會裡，香港和台灣的人口和面積、和中國大陸相比，相去都不可以道里計。可是，任何稍微了解兩岸三地的人，大概都會同意：對於整個華人社會的未來，香港和台灣有著關鍵性的地位。

兩岸三地的問題，彼此牽連、不勝枚舉。譬如，以語言文字來說，香港的廣東話有九聲；公認是中原古音，很可能是唐宋時代的音韻。唐宋，當然是中華文化上極其璀璨的一頁。在太平盛世裡，中原是世界文化的中心，百家爭鳴、百花齊放。用九個音，最能表達出情感上的起伏張縮；用廣東話來吟頌唐宋詩詞，最是貼切動聽。可惜，唐宋之後，異族入侵；中原人士南遷，最後聚居海隅廣東。異族入主中原後，逐漸簡化音韻；經過千百年的發展，最後剩下四聲。中國大陸的簡體字運動，可以說是這個發展的延續。

所以，雖然大陸上有最多的中國人，但是在語言上，香港保留了真正的古音；在文字上，則是在台灣延續了歷代的繁體傳統。兩岸三地，誰能宣稱自己才是中華文化的傳人，可能要好好打上一場筆墨官司。

不過，和兩岸三地有關的諸多問題裡，真正重要的大哉問是「民主」和「法治」。對華人社會而言，可不可能發展出健全穩定的民主法治社會呢？很多人認為，在台灣有民主、而沒有法治；在香港，有法治、而沒有民主。在中國大陸，兩全不齊美。無論如何，華人傳統文化裡，並沒有民主和法治；那麼，為什麼在香港和台灣，卻已經各自發展出可觀的成果呢？

稍稍回顧兩地的歷史，也許可以一窺端倪。一九九七年回歸之前，香港長期是英國的殖民地。大英帝國在海外殖民，已經有幾百年的歷史；因此，早已經發展出一套固定的治理模式，在香港只是依樣畫葫蘆而已。政治上，由英國派出總督，高級文官也都是由英人擔任。本地的菁英，只能擔任初級到中級的官員。諮詢式的議會，只是聊備一格而已，完全沒有政黨政治的形式或內容。

三件事件足窺台灣法治全貌

在司法上，港英倒是把英國的司法制度，移植到香港。經過一世紀的運作，「法治」的作法，已經形成傳統；無論官員或一般民眾，都能體會、並且支持法治的精神。不過，香港的法治，也不是一蹴可幾。英治早期，官員貪污的情形很普遍；一九七四年，新任港督麥理浩爵士就職，成立廉政公署，查緝貪污。因為有女王的支持，加上港督本身不受地方利益牽制；因此，在辦了幾個重要案子之後，吏治逐漸澄清。對於司法獨立，廉政公署發揮了極其重要的作用。簡單的說，香港有法治，是因為港英治港；香港沒有民主，是因為過去沒有民主的傳統，而港英也沒有把英國的民主制度移植到香港。

台灣的情形，剛好是有趣的對比。如果說香港的法治是移植，台灣的民主可是自發、本土、自然形成的（spontaneous order）。這個過程，也值得大致交代。二次大戰後，當時在大陸執政的國民黨內戰中失利，轉進台灣；吃了虧、學了乖，痛定思痛之餘，在政治上力求穩定，而以發展經濟為主。既然有穩定的政治環境，加上華人勤奮的天性，經濟上有了快速、令人讚歎的成長。台灣在半個世紀裡所完成的，在西方可能要花上兩個世紀的時間。

經濟發展之後，中產階級逐漸形成。對於民主的追求，其實是經濟力量茁壯後自然而然的走向。當時，長期執政的國民黨，是在野勢力共同的目標。在本土化和反極權之間，並沒有區分。等到國民黨下台之後，卻發生了微妙的轉變。本土化勢力興起，當初反極權的許信良、陳文茜、施民德等人離開民進黨；本土化變成一種新的宗教，不斷尋找新的敵人，以維持內在的凝聚力。不過，這是後話。

二〇〇〇年大選，三雄並起之下，陳水扁脫穎而出；政權和平轉移，這是華人社會裡前所未有的大事。不只是台灣人民的成就，更是所有華人可以引以為傲的里程碑。當然，民主，不只是選舉而已；要享受民主的果實，必須有法治的維繫和支持。在廿一世紀初，台灣還不能算是一個法治的社會。三個大小事件，足以窺豹。

首先，台灣電視上，經常看到這種景象：刑案的嫌犯，被警察帶回現場、重新演練案發時的情境；被害人的家屬，一擁而上，對嫌犯拳打腳踢。警察只是盡力隔開嫌犯和被害人家屬，如此而已。這種景象，絕對不是一個法治社會的正軌。原因很簡單，嫌犯有涉案嫌疑，但是還沒有經過審判；即使審判有罪，也是由司法體系懲罰，而不是由被害人的家屬懲罰。而且，被害人家屬打人，既妨害公務，又犯了傷害罪；在法治社會裡，警察不會坐視不管。其次，陳水扁宣布，二〇〇四年競選連任成功後，將在二〇〇八年「制憲」。任何稍有常識的人都知道，在一個憲政體制裡，只有修憲的問題，沒有制憲的問題；制憲和憲政體制，是彼此衝突的兩個概念。由宣誓恪遵憲法條文、捍衛憲政體制人的嘴裡、說出要「制憲」，是對法治最直接的踐踏。

最後，是二〇〇四年三月二十日的全民公投。公投的議題本身（不通過、還是要買飛彈）、進行的方式（和大選綁在一起），都引起許多爭議。事實上，這些都還算是枝節；最重要的問題，是歷次民意調查裡，都顯示有超過四〇％的人，認為不應該舉辦公投、或認為這是違法公投；這個比例，超過贊成舉辦公投的人。因此，公投的內容爭議不大，公投本身卻有極大的爭議。不論最後結果如何，公投的「正當性」（legitimacy）會持續受到質疑。在一個法治社會裡，這是很難想像的狀態。

香港發展比較樂觀

台灣還不是一個法治的社會，這是描述、而不是批評。因為，法治不是天上掉下來的禮物，說有就有。在香港，法治是港英由英國移植過來，經過長時間的孕育才形成。在台灣，沒有類似的經驗，加上華人文化裡本來就沒有法治的傳統；台灣有民主（的形式），而沒有法治，其實不令人意外。

不過，比較起來，香港的發展可能比較樂觀。香港發展民主，至少有兩個關鍵因素：已然成形的法治，是處理爭議的長城；而且，在一國兩制下，北京的好惡，是香港民眾不會忽視的因素。相形之下，台灣的民主發展，似乎是盡量讓諸多情緒宣洩和釋放出來，而卻還沒有琢磨出可長可久、文明有節的遊戲規則。對於法治，更還是力有未逮。執政的黨派，總是希望透過行政權力，影響、甚至操縱司法。過去如此，現在還是如此。一個能獨立運作，和行政權平起平坐、乃至於彼此制衡的司法體系，還沒有出現。在台灣會不會發展出法治，什麼機緣下才會發展出法治，真是人令人百思而不得其解的大問題。

當然，長遠來看，香港和台灣的經驗，會不會具體影響大陸對民主和法治的追求呢？關心這個更根本的「大哉問」，相信不只是華人社會裡的民眾吧！……

二、請誰先來，德先生還是羅先生？

在廿一世紀初，民主和法治——德先生（democracy）和羅先生（rule of law）——可以說是普世接受的價值。當然，一旦涉及民主和法治，中國大陸立刻成為問題的焦點；大陸有十三億人，是世界人口的五分之一。如果中國大陸發展成民主法治的社會，不僅是華人世界之福，也將是整個世界之福。

對於民主與法治本身，一般人不會有太大的爭議；不過，對於孰先孰後，仔細想過的人可能並不太多。在中國大陸邁向民主和法治的途中，「如果」有機會作一抉擇；那麼，要先有民主，還是要先有法治呢？為什麼？

由觀念上看，這個問題的答案並不清楚。先有法治，可以在穩健的基礎上，再慢慢發展民主。可是，另一方面，民主往往是推動社會進步的力量；先有民主，才容易釋放能量，導引出法治。最終的情況，當然最好是有良性循環——民主和法治，是維繫社會的兩大支柱；彼此支持，也彼此制衡。然而，問題依舊存在，中國大陸走資之後，下一步該先向德先生或羅先生看齊，請誰先就定位？為什麼？

對於這個大哉問，傳統智慧可能幫助不大。「摸著石頭過河」，怎麼摸？會抓老鼠的貓，是姓德還是姓羅？「實踐是檢驗真理的唯一標準」，但是拿十三億人口的福祉來檢驗，成本未免太可觀了一點。還好，也許華人的祖宗庇祐，在這個問題上，香港和台灣是珍貴無比的參考點。

台灣法治還在萌芽階段

和中國大陸的面積及人口相比，香港和台灣都相去很遠。不過，因緣際會之下，這兩個地區在法治和民主上，都已經有相當的成果。更特別的是，在廿一世紀初，兩者都是只有其一——香港有法治，而欠缺民主；台灣有民主，而欠缺法治。以台灣和香港的經驗為依歸，剛好看出民主和法治的特色，以及先有其一的潛在問題。

台灣的經驗，令人驕傲，也令人神傷。在經濟快速成長三四十年之後，社會的中產階級形成，成為追求民主力量的泉源。而後，在當年「黨外」帶領之下，以社會運動對舊體制衝決網羅，終於迫使執政當局解除了報禁、黨禁。今天，台灣民意充分而自由的表達，而且定期舉行選舉，選出各級民意代表和政府首長。民主的形式，已經大致具備。

不過，要使民主可長可久，非有法治的支持不可。而在這一點上，可以看出台灣的缺憾。二〇〇四年三月二十日，是政黨輪替之後、第一次總統大選。沒想到，前一天竟然發生槍擊事件；第二天，陳水扁以〇．二%的差距，贏得大選。槍擊和陳氏勝選，顯然很有關係；選前一路領先的藍營，錯愕之餘，也走上街頭，要求立刻驗票和追查槍擊真相。在示威者群集的廣場上，有人用黑布和輓聯哀悼「民主已死」。但是，表面上看這是民主的爭議，實質上其實是法治的問題。如果社會大眾對司法有信心，不會聚集四、五十萬人，要求驗票和調查槍擊事件的真相；如果一般人對司法有信心，不會由外籍專家參與、甚至檢視陳氏的傷口！因此，台灣的法治，還在萌芽階段。

和台灣相對的，是香港的法治。在華人的歷史裡，司法一向是工具，為政治而服務；歷史上的法治，一向是依法統治（rule by law），而不是依法而治（rule of law）。香港因緣際會，在港英時期發展出真正的法治。對於華人社會而言，這是歷史的偶然，是可遇而不可求的機緣。香港回歸之後，對於民主的追求，已經逐漸加強。無論是直選特首以及政黨政治的發展，都是香港民眾非常關心的問題。可是，因為有法治的基礎，所以不管今後走向民主的軌跡如何，將都有章法可循。台灣所出現的混亂、猜忌、體制外的抗爭衝突等等，可能不會在香港出現。

分享權力有違人之常情

香港的民主之路，相當程度上會受中國大陸的影響；不過，無論民主發展的速度和過程如何，只要北京當局不刻意干涉香港內部事務，尊重一國兩制的精神；那麼，香港將一直是一個穩健成熟的法治社會，這一點殆無疑問。因此，在港英奠下的法治基礎之上，香港早晚會孕育綻放出民主的花朵。華人社會裡，香港很可能成為第一塊同時享有民主和法治的土壤。對於這個果實，不得不令人讚歎歷史軌跡的奧妙和神奇。

這麼看來，對中國大陸而言，先有香港的法治、再有台灣的民主，似乎是一條明確無比的康莊大道。先請羅先生，再請德先生，將是華人社會長治久安的保證。然而，事實上，這就是最關鍵、也最微妙的曲折所在……

先發展法治，有了扎實的遊戲規則，再發展民主，妥善處理眾人之事；想起來似乎合情合理，理直氣壯。其實，不然。法治，是指司法體系獨立運作，和行政部門彼此支持，但也互相制衡。先法治後民主，等於是以行政部門主導，把司法部門扶植成可以平起平坐的對手。可是，對於行政部門而言，自然會設法維持本身的既得利益，何必平白把獨享的權力和司法部門分享？因此，期望行政部門放棄特殊地位、讓司法部門分享權力，是違反情理的奢望；在觀念上也許有趣，在現實中卻不會出現。也就是，這種期許，違反一般事物發展的內在邏輯（internal logic）。

因此，如果希望在中國大陸能出現民主和法治，也許反而要走遠路——先民主，後法治。當經濟發展之後，中產階級形成；有了經濟上的發言權之後，這股力量開始要求在政治上有發言權。對於這種自然而然的發展（spontaneous order），行政部門和司法部門想必會排斥抗拒。但是，經過一段時間的折衝，政治上不得不逐漸民主化。

由民主競爭孕育法治

而後，民主化帶來政黨政治，各種利益透過政治過程來競爭。剛開始，握有政權的黨派，希望利用司法、維持政權。然而，經過幾次政權的更迭，各個黨派和社會大眾逐漸意識到：中立超然的遊戲規則，對大家都好。經過這個艱辛苦楚的過程之後，獨立的司法才可能漸漸形成。而且，這個結果是經過各種力量的較勁才出現，所以反而穩定、反而可長可久。也就是，**在觀念上，先法治再民主，可以避免有民主、無法治的混亂，一切井然有序的進行發展；然而，因為違反既得利益，實際上這個軌跡卻不可能出現。相反的，先民主而後法治，想來複雜混亂、成本高、過程長；不過，因為符合各種利益、各自的考量和舉止，反而可能出現。**

對於中國大陸而言，可能希望先請羅先生、再請德先生；但是，真正請來的卻是一位假的羅先生，而且很可能會賴著不走。事實上，德先生將會不請自來，而且來了之後，可能鬧得人仰馬翻、雞犬不寧。真正有智慧的作法，也許是順勢而為、主隨客便吧！……

三、國家於我何有哉？

「國家」這個話題，和政治、女人等等同一類；會引發激情，令人喪失理智；雖然比較適合獨處時慢慢揣摩，但通常是讓大夥兒爭得口沫橫飛、面紅耳赤。廿一世紀初，在華人社會裡，國家認同還是一個棘手的問題；對香港和台灣而言，都是如此。而且，三五年之內不會消失無蹤，反而可能會有一些波折、甚至是動亂。

以台灣來說，對國家這個概念就有難分難解的糾纏。外省人，因為成長經驗、教育內容、人際網絡等等因素，不只認同中華民國，還多少接受大一統的思維。本省人，同樣的因為成長經驗和人際網絡等等因素，對「中華民國」有不同的情懷；除了中華民國這個概念之外，台灣、本土、獨立自主等等概念，往往更能激發出心理上的認同。

對本省人而言，他們覺得很詫異：為什麼在台灣生活幾十年的外省人，竟然不能認同台灣這塊土地？對外省人而言，他們同樣覺得詫異：明明就是炎黃子孫，來自於共同的血緣和文化，為什麼這些人竟然否定自己是中國人？然而，對於在中國大陸成長的人而言，他們也覺得無法理解：歷史上一向是大一統，台灣怎麼可以獨立，自外於中國？當然，在不同的人心目裡，「中國」有不同的含義。

一旦觸及這些問題，每個人似乎都理直氣壯、正氣凜然；每個人所認定的理念，似乎都是與生俱來、向來如此。其實，在相當程度上，這些差別只是成長經驗使然。而且，如果稍微回溯一下歷史，就清楚的看出，原來並沒有這些差異。二次大戰結束後，日本人離開台灣，結束幾十年的殖民統治；當中華民國政府的軍隊在基隆登陸時，台灣民眾扶老攜幼，歡欣鼓舞的準備迎接祖國同胞。可惜，這些軍隊的儀容和軍紀，出人意料、甚至令人大失所望；後來發生的衝突和政治上的高壓作風，活生生的割裂了台灣民眾的情感。

哲學家羅斯的無知之幕

顯然，今天本省人和外省人之間的某些隔閡，不過是幾十年前一連串事件所造成，而不是根深蒂固、所從來久矣。即使今天被渲染成敵我寇讎般的對立，也不過是數十年的積累。對事情的認知以及所衍生的情懷，一兩代之間，就可以有很大的變化。那麼，如果能暫時放下情感，以持平冷靜的心情，琢磨國家這個概念的意義，又會有哪些體會呢？

一旦把問題的層次提高，從抽象的角度來看，剛好可以用上哲學家羅斯(John Rawls)的技巧。他認為，在思索社會的基本規章時，每個人可以設想：自己眼前有一層薄紗，因此對於將來自己的身分地位或聰明才智，都茫然不知。處在這個「無知之幕」（veil of ignorance）之後，一個人不會基於自己的出身或背景，而有特別的考量。在這種情況下所設計出的國家規制，必然是公平合理、合於大眾福祉的。

這種思維，摒去了特殊利害的考量，而從長治久安的角度著眼，確實很有啟發性。不過，無知之幕的這個技巧，可以說是學理上的益智遊戲。適合在學者的腦海裡翻騰遨遊，卻不容易在真實的世界裡想像勾勒。因為在真實的世界裡，有活生生的歷史文化、有血淋淋的利害傾軋。對於眾人之事、對於政府國家，也許該有更平實的著眼。

在這個問題上，諾貝爾獎得主布坎楠曾經有許多論著。追根究柢，他的看法可以簡化成兩點。一方面，無論是君王或政府，乃至於一般的政治人物，都不應該、也不值得視為無私無我的仁者。政治人物就如同一般市民大眾、如同你我，有自己的私心好惡和利之所在。除非大眾的福祉和個人的昇遷利祿一致，否則官僚政客當然會把自己的得失放在前面。另一方面，政府和國家，並沒有特別崇高神聖的地位；本質上，政府和國家只是一種「工具」，具有功能性的內涵。民眾、黨派、政治人物，都可以透過合縱連橫，利用這種工具追求自己的福祉。

布坎楠的觀點，和傳統政治學者大異其趣，但是卻密切的呼應現實。現代民主社會裡，定期改選是普世接受的作法；而定期改選，無非就是提醒政治人物：要為選民端上牛肉，否則就準備捲鋪蓋下台。日益壯大的歐盟（European Union），更為國家工具說提出最有力的見證。

歷史上，德國、法國、英國、西班牙等等，都曾經是不共戴天的世仇；彼此之間血腥慘烈的戰爭，史不絕書。然而，在面對美國這個超級強權、以及快速崛起的中國大陸時，這些各有光輝歷史的一方之雄，捐棄成見、克服歧異；在經濟和政治上結盟，具體的追求共同的利益。人類歷史上，這是可歌可泣的成就。現在，歐盟的國家們，只會在足球場上廝殺得難分難解；依然是世仇，睚眥之怨依然必報，但都是在球場上、在酒吧的電視機前！

經濟理性抬頭 提升層級不易

為什麼布坎楠的理論，能在西方得到驗證，而在東方世界裡卻還遙遙無期；在華人世界裡，更停留在愛國愛黨、大一統、國家認同等等口號的激情裡呢？

直截了當的解釋，就是在歐盟的會員國裡，不只是政治人物，一般人民也體認到合縱連橫的好處。實質的利益，要大過抽象虛幻的理念；牛肉和口袋裡的鈔票，要比腎上腺或荷爾蒙來得重要。也就是，「經濟理性」（economic rationality）已經有施展發揮的空間。相形之下，在華人地區裡，一般民眾還停留在國家尊嚴、民族光榮、本土意識的情懷裡；政治人物剛好操弄這些抽象空泛的理念，攫取本身的政治利益。

對於一般人民來說，要發展經濟理性並不困難。只要持續參與經濟活動，久而久之，自然會主動被動的發展出相應的思維。中國大陸改革開放前，一般民眾對奧運和金牌數，非常在意；改革開放之後，民眾由經濟活動裡得到實質的好處；能得幾面奧運金牌，就不再是那麼重要，金牌得主的社會地位，也大不如前。顯然，經濟理性已經抬頭，國家民族的榮耀，已經退居次要的地位。然而，對民眾而言，要發展出經濟理性比較容易。一旦層級提高，要由個別的經濟理性，匯總成社會乃至於國家的經濟理性，就麻煩得多。因為涉及的範圍廣、牽扯的利益多，還有各種政治人物和利益集團上下其手；要有穩定持平的理性，以操作國家這個工具，就不是一蹴可幾、立竿見影的事了。

人類歷史上，大部分時候都以拋頭顱、灑熱血的方式，處理「國家」這個問題。歐盟的成功，是例外而不是常態。在廿一世紀裡，華人社會能不能掙脫這個歷史宿命，以比較平實、俗氣、工具性的思維，處理這個問題，確實是令人戒慎恐懼的大哉問！

四、續貂

兩岸三地的華人，對於自己和彼此之間的關聯，都有許多自然而然、自以為是的想法；社會科學研究者，以動腦筋為業，似乎更是樂於浸淫其中，享受糾結不清的諸多難題。

二〇〇四年一月到六月，我在香港城市大學任教；同時在系上客座的，是由加拿大來的陳順源教授（Kenneth Chan）。他也曾在美國布朗大學讀研究所、拿學位，是我的學長；相差數屆，沒見過面。他的研究領域，是國際經濟和新興的實驗經濟學。然而，也許同為天涯客卿、又都是隻身在外，我們由學友而成為酒友；中午時，經常呼朋引伴、一起到學校附近酒樓（餐廳）午餐，夾雜英語廣東話和普通話開講，最常點的菜是通菜腐乳（空心菜和豆腐乳）以及蒸魚。

陳順源一再提到，他目前最大的心願，是對中國歷史上朝代的興衰一探究竟。朝廷對國際貿易的態度、以及國際貿易和本國經濟活動的關聯，可能是關鍵之一。這一章裡的三篇文章，都有順源學長的影子，不過希望沒有通菜腐乳的味道。

The Diamond Sutra
Economic Analysis
perceive with non-perception
stand with non-standing

第六章 識者克魯曼、智者張五常

一、閱讀大歷史

在著名的經濟學者裡，熊彼得（Joseph Schumpter）和海伯納（Robert Heilbroner）能不能算是巨人，或許還有爭議；不過，他們兩位，絕對是經濟學裡出類拔萃的大師。他們兩位，都以傳世巨著聞名；他們揮灑出的大歷史，確實氣魄恢宏、高瞻遠矚。然而，他們的取材、視野、乃至於本身的行誼舉止，也值得斟酌尋思。

熊彼得的作品裡，最著名的是《經濟分析史》（*History of Economic Analysis*）以及《資本主義、社會主義及民主》（*Capitalism, Socialism, and Democracy*）；兩本都是長達數百頁的巨構，內容上更是涵蓋古今、臧否引領風潮的思想和制度。海伯納的著作裡，最著名的是《俗世哲人》（*The Worldly Philosophers*）和《資本主義的性質和邏輯》（*The Nature and Logic of Capitalism*）；兩本書都暢銷而長銷，發行量以百萬冊計，更翻譯成多種文字。

由書名來看，就反映了兩位都對資本主義念茲在茲，希望能得其精髓、直指鵠的。對於資本主義，熊彼得最廣為人知的體會，是「創造性的毀滅」（creative destruction）這個概念；企業家承擔風險、努力求新，推出新的作法或產品，推翻現有的秩序。源源不絕的創新，是帶動資本主義的生命力；在毀滅的灰燼上，誕生了新的火苗。

海伯納的著眼點，卻另有所重。他認為，資本主義的生命力，完全繫於「利潤」（profit）。在過去的農漁牧社會裡，以人力獸力所能創造的利潤，極其有限。工業革命之後，技術進步使量產（mass production）得以實現；量產一方面擴充市場，一方面也促進了專業化和分工。隨著市場的擴大，企業家的利潤開始滾雪球；為了攫取和享有更大的利潤，企業家會絞盡腦汁，無所不用其極。

熊彼得的創造性毀滅和海伯納的利潤，分別點出資本主義的某種特質；對於資本主義的脈動，當然都有得其精髓的過人洞見。除了在學術上各擅勝場之外，在為人處世上，兩人的風格也迥然不同。

熊彼得，風流倜儻，顧盼自得。他曾宣稱，希望自己有三項第一：世界上最好的經濟學者、最出色的馬術家、最偉大的情人。當他移民美國、在哈佛任教時，對衣著極其考究；學生們回憶，熊彼得每次上課一定打不同的領帶；而他的領帶、胸前口袋裡的絲巾、和西裝，一定是精心搭配，典雅體面。對於學生的成績，他給分數的原則很簡單——對於三種人，成績為A：女士，基督教徒，和所有其他的人。對於遠觀的仰慕者，這是一位精緻而有丰采的紳士和經濟學者；對於身旁的學生和同事，這種水仙花情結式的自戀，卻反而可能令人遲疑和卻步。

海伯納的為人處世，要低調平實得多，他像是街上熙來攘往人群裡、一點都不起眼的千百人之一。這種風格，也反映在他的作品裡；在海伯納的書裡，讀者感受到才識、智慧、啟發，但是作者卻隱身其中。在熊彼得的書裡，他卻躍然紙上，而且似乎有意在字裡行間挑起爭端；與他同時代、有瑜亮情結的凱恩斯（J. Keynes），似乎是他揮之不去的影武者，和他糾纏廝殺、難分難解。

無論如何，讀熊彼得和海伯納的論著，當然都不會空手而回。不過，也許在心理上稍有準備，可以有更大的收穫。具體而言，讀者至少可以注意兩點：他們所探討問題的本身、以及他們處理問題的方式。對於資本主義，海伯納和熊彼得都有深刻的分析，可是兩人卻有不同的企圖。海伯納把自己定位為歷史學者，希望能勾勒出資本主義的特性；然而，熊彼得卻對於自己有更高的期許。他希望在掌握資本主義的脈動之後，能鐵口論斷資本主義的未來，以及最終的命運——他希望自己是掀開歷史新頁的先知！

許多經濟學者認為，在探討資本主義的諸多論述裡，熊彼得的《資本主義、社會主義及民主》最為深刻。海伯納也很推崇熊彼得，稱譽在同一世代的經濟學家裡，熊彼得對於資本主義的分析無出其右。當然，即使是偉大的經濟學者，手裡也沒有水晶球、能未卜先知——手中有水晶球的人，又有幾個人真的能論斷未來？資本主義實際的軌跡，當然不會完全契合原先的預測。

既然如此，在看熊彼得和海伯納幾十年前筆下的傳世巨著時，後世的讀者該有哪些認知，又該有哪些期許呢？

最明顯的，當然是對於資本主義這個跨越時空的大問題，可以享受到大師筆下遼闊的視野、以及他們慧眼獨具的剪裁刻畫。而且，面對龐雜的資料、多變的面貌，他們以簡御繁，分別歸納出資本主義的精髓。海伯納的「利潤」和熊彼得的「創造性毀滅」，都有畫龍點睛、一以貫之的特性。在認識資本主義時，他們提供了兩個明確的參考座標；可以作為認知上的切入點，也可以作為思考上的評估量尺。在比較其他類似規模的主題（譬如，社會主義、知識經濟）時，就可以利用這兩個核心觀念，作為琢磨的起點。

不過，對於絕大部分的人而言，不需要處理資本主義或社會主義這種大哉問。因此，瀏覽大歷史的實質意義，可能反而是在捕捉大師們處理問題的方法。因為，掌握了的分析方法，可以用來處理其他不同的問題。譬如，熊彼得在分析資本主義的未來時，是針對五個主要因素（企業、市場、典章制度、文化價值、和社會領導階層）深入探討。一旦面對其他的主題，讀者當然可以依樣畫葫蘆、順理成章的問：哪幾個因素，是影響未來走向的關鍵因素？

當然，閱讀大歷史最終的目的，特別是大師筆下的揮灑，可能還是在於薰陶自己、提昇自己的境界。對於遠超過自己生活經驗的事物，透過海伯納和熊彼得等大師們的心靈和筆觸，讀者們可以為自己的生命添加養分；在閱讀和思索的過程裡，涓滴積累自己的內涵和素養。

關於資本主義的大歷史，熊彼得和海伯納是兩位實至名歸的大師；關於其他主題的大小歷史，讀者當然也可以試著親近其他的大師！

二、識者克魯曼、智者張五常

克魯曼（Paul Krugman）和張五常（Steven Cheung）這兩人之間，是很有趣的對照。他們最大的共同點，是兩人都是著名的經濟學者，都在報紙上寫專欄，也都有廣大的讀者群。除此之外，大同之下，他們還有許多曲折微妙的小異。

張五常一九四二年出生，在香港長大。由美國加州洛杉磯分校（UCLA）得到博士學位後，到芝加哥大學作博士後研究；在芝加哥的幾年裡，他認識了史蒂格勒（G. Stigler），弗里德曼，寇斯，貝克（G. Becker）和諾斯（D. North）等人；這些人後來都成了諾貝爾獎得主；可見得，芝加哥大學經濟系人文薈萃，而張五常也因緣際會，優遊其中。

張五常後來轉往位在西雅圖的華盛頓大學（University of Washington）任教。一九八一年，香港中文大學經濟系的講座教授出缺；在諸多競爭者裡，他脫穎而出。兩年後，他應《信報》之邀，開始寫專欄。專欄一炮而紅，文章結集出書之後，也都高列暢銷排行榜。後來他轉往《壹週刊》，繼續揮灑，至今筆耕不輟。不過，張五常回到香港之後，學術上的研究幾乎完全停頓；除了寫專欄文章之外，他開始投注心力到古董和書法等方面。相形之下，克魯曼動筆寫專欄之後，學術研究並沒有因而中斷。

克魯曼，可以說是典型的少年得志。他出生於一九五三年，二十四歲就拿到ＭＩＴ的博士學位；短短幾年後，就因為學術上優異的表現，升為正教授。而且，他還得過美國經濟學會頒贈的克拉克獎（the John Bates Clark Medal）——這個獎兩年頒一次，表揚四十歲以下的傑出經濟學者。

一九九九年十一月起，他應《紐約時報》之邀，開始寫專欄，很受讀者歡迎。《紐約時報》的網站上，每天都列出當天被下載或轉寄次數最多的二十五篇報導或評論；克魯曼的文章，就常出現在這個人氣排行榜上。他的文章結集出書後，也經常躋身各主要暢銷書排行榜。然而，克魯曼一邊寫評論，一邊還活躍在學術的戰場裡。學術研究和時事評論，需要不同的才具和技巧；在這兩個領域裡表現都很出色，確實不容易。

在取材方面，張五常的筆下包羅萬象，無奇不有。他在大年除夕賣金橘的故事，廣為人知；他曾比較大鄧（鄧小平）和小鄧（鄧麗君），名為「鄧家天下」；他曾把作學問比喻為釣魚，有的人在池子裡釣小魚，他自己卻喜歡在海裡釣大魚。他多次提到，早在中國大陸開放門戶之前，他就獨排眾議，預測中國會「走資」；後來的發展，果然不出他所料。無論如何，張五常專業的是經濟學，可是他臧否置喙的，卻早已超出經濟學的範圍。雖然他沒有明講，他的自我定位，其實是傳統文化裡的智識分子——以自己的知識智慧，廣抒己見，提供社會大眾參考。這和克魯曼的取捨，又是大相逕庭。

克魯曼也談政治問題，而且經常談。他對小布希毫不留情的一路窮追猛打，路人皆知。不過，從「公司治理」（corporate governance）的角度來看，政府組織就是一個大型公司，而國家領導人就是公司總裁（執行長是較時髦的稱呼）；因此，克魯曼論斷布希，並沒有踰越他的專業。事實上，他的專欄裡，絕大部分都是不折不扣的經濟文章。

大致上來說，克魯曼關心的主題，主要是「美國經濟」和「國際經濟」這兩大類。在亞洲金融危機之前，他就鐵口直斷：東南亞各國的金融體系裡，通常有糾纏不清的人脈和金脈。透過人際關係撐起的繁榮，往往只是假象。後來果然爆發金融危機，克魯曼預言成真，一戰成名。恩隆（Enron）事件之後，克魯曼把重點轉向美國經濟。他不遺餘力的指出，恩隆只是冰山的一角；沒有爆發出來的，情況更糟。

他認為，這些問題的根源，主要和管理階層的薪酬制度有關。一九八〇年左右開始，為了提高工作誘因，執行長的薪水和公司的股價連動；具體的作法，就是讓執行長享有優渥的股票選擇權（stock options）。結果，執行長們為了自身的利益，就以搶短線的方式炒高公司的股價；他們無所不用其極，採取欺矇騙詐的作法，變成假股價真圖利。資料顯示，在一九八〇年，美國大型企業執行長的薪水，是非主管勞工薪水的四十五倍；到了一九九五年，差距成為一百六十倍；兩年之後的一九九七年，是三百五十倍；僅僅三年後，企業的獲利並沒有增加，但是差距已經擴大為四百五十八倍。似乎，在廿一世紀初，社會主義已經式微；但是，在資本主義的天堂裡，也還是有天使般的問題。這一波問題方興未艾，克魯曼的專欄，顯然會有源源不斷的題材。

對於讀者來說，看張五常和克魯曼的文章，是不太一樣的閱讀經驗。張五常宣稱，自己已多年不看書。但是，年輕時，他可是下過苦功夫；而且，他才華橫溢，人生經驗又極其豐富奇特。因此，一旦發而為文，總有他特殊的張氏觀點，雖然張氏觀點和經濟學沒有必然的關係；讀者感受到的，是一位「智者」，以他的才情智慧，刻畫人生百態，還偶爾指引迷津。

相形之下，克魯曼筆下的天地，完全是一番不同的景象。至少到目前為止，克魯曼謹守專業，只議論經濟以及經濟所觸及的問題。隨著經濟化和自由化的腳步，現代社會裡經濟力量的重要性與日俱增。美國剛好又是資本主義的長城，是世界經濟活動的重心，也是引領風騷（不論好壞）的先驅。克魯曼身處其中，以冷靜的眼光，鋒利的筆桿，見證經濟起伏的脈搏，並且褒貶是非。讀者感受到的，是一位「識者」，以他的專業學養，論斷經濟活動的意義和走向。

在現代社會裡，張五常和克魯曼的專欄，提供讀者不同的養分。張五常的文章，滿足了讀者智識上的好奇；克魯曼的文章，則是添增一個現代公民對經濟活動、乃至於大勢所趨的了解。張五常和克魯曼的專欄文章，確實有重大的貢獻。當然，他們的成就，也不禁令人好奇：在其他學科裡，是不是也有他們的張五常和克魯曼？

三、透視「大歷史」

《萬曆十五年》的作者黃仁宇，生平和經歷非常特別。他於一九一八年出生，大學時讀軍校，正好遇上二次大戰和對日戰爭；後來被派往美國讀參謀大學，再轉往日本擔任武官。而後，因緣際會再前往美國，輾轉完成博士學位，曾在紐約州立大學任教十餘年。

在他的諸多著作裡，《萬曆十五年》是最著名的一本。這本書雅俗共賞，既受到美國史學界的重視，被許多學校採用為教科書；同時，譯成中文出版之後，廣受好評。一九八五年發行後，一刷再刷；到二〇〇四年，已經是增訂二版，第四十五刷。學院派筆下的作品，能有這種成果，本身就是值得肯定和推崇的成就。

《萬曆》這本書的取材，也很特別。黃仁宇別出心裁，以一五八七年為焦點；這一年，是明萬曆登基十五年、他廿三歲那一年。**這有點像是黃仁宇拿著相機，在一五八七年按下快門，照了一張特大號的照片；然後，再針對這張照片的某些部位，放大、再放大；之後，再以工筆細緻的方式，描繪出這些局部的所有細節。**

不過，雖然書名是《萬曆十五年》，他並不是描繪這一年明朝在政治、文化、社會等方面的情景；實際上，書中共有七章，每一章都是以某個人為主角。由萬曆皇帝而下，他以專章分別刻畫宰相張居正等人。他的企圖，顯然是希望以這些人物為座標；透過發生在這些主角身上的事，烘托出萬曆十五年、以及明朝興頹的全景。

這本書有很多特色，在在反映黃仁宇匠心獨具：他廣讀各種史料，然後編織出引人入勝的故事；他文筆流暢，想像力豐富，人物場景、表情神態，都栩栩如生，如在眼前。更重要的，是他有一種濃厚的企圖心；他希望藉著這些人物、藉著這一個平凡的年分，勾勒出一幅有意義的景象。而且，希望能萃取出歷史的脈動，並且歸納出華人社會起伏的一些通則。不過，對於這本有趣而特別的史學論述，有些問題值得玩味；就理論和分析而言，有兩個概念特別醒目：大曆史、數字管理；而且，對於明代政治的性質，他特別強調「道德」的成分。

在書前的自序和書後的後記裡，他都一再提到，這本書是屬於「大歷史」。前言一開始，他就表明：《萬曆》這本書，「雖說只敘述明末一個短時間的事跡，在設計上講卻屬於『大歷史』（macro-history）的範疇。大歷史與『小歷史』（micro-history）不同……不斤斤計較書中人物短時片面的賢愚得失。其重點在將這些事跡與我們今日的處境互相印證。」（p.1）在後記裡，他又提到「我之所謂『大歷史』（macro-history）觀，必須有國際性。我很希望以四海為家的精神，增進東方與西方的了解，化除成見。」（p.327）

可是，這兩段話，似乎都不能為「大歷史」作明確的界定。在他心目中，到底大歷史的意義是什麼？他言下之意，似乎表示：大曆史是不拘泥於個別事件的枝節，而是由宏觀的角度，勾勒出歷史的面貌；然後，再由小處著手，以小見大。這種觀點激發讀者的想像力，展現史學家的視野和氣魄，令人心嚮往之。然而，對於社會現象的分析，必須有更清楚、細緻、而嚴謹的邏輯。

任何一個社會現象，都是由人的行為所匯集而成；因此，在描述和分析社會現象時，有一個加總（aggregation）的過程。由最基本的組成單位（人、家庭、宗族、職業、區域等等）開始，透過彼此的互動，再形成一個整體的圖像。社會科學研究者的工作，就是描述和分析這個過程。

黃仁宇的作法，似乎是反其道而行。先在大的景觀上確定方向，然後再找出材料，支持這個他所認定的「大歷史」。就邏輯上來說，「個別—整體」（micro-to-macro）和「整體—個別」（macro-to-micro）彼此相通，由哪一個方向開始都可以。然而，在黃仁宇的書裡，卻沒有釐清這種脈絡。而且，對黃仁宇來說，也許「大歷史」這個概念非常清晰。可是，對眾多讀者而言，這個概念想必很模糊。因此，也許讀者會欽佩黃仁宇的器識，然而從他的書裡，卻不容易學到一種簡單明確、自己可以運用的分析技巧。

在書中，他也多次提到「數字管理」的概念。後記裡，他認為：「中國立國向來以貧農及小自耕農的經濟立場作基礎，農村內部複雜的情形不可爬梳，所以要經過很多流血慘劇，才能造成可以在數字上管理的形勢。」（p.338）還有，他更明確的表示：「今日中國革命業已成功，全國已經能在數目字上管理。」（p.341）

似乎，他想以數字管理為一個指標，來檢驗社會在某些方面的狀態。數字管理，代表一種能力；具有數字管理能力的社會，就是一個現代的社會。可是，對於數字管理這個概念，他卻似乎並沒有詳細解釋。數字管理，指的是哪些條件、哪些事實？還有，他也沒有進一步解釋，哪些條件會導致數字管理？有了數字管理的能力，社會又會朝哪些方向發展？

而且，這種觀點，至少還有兩點值得細究。一方面，數字管理，是社會現象之一，可能和科技、政治經濟制度等彼此聯結；主導社會發展的，可能是科技（如工業革命）或其他的力量。把焦點放在數字管理上，很可能是倒果為因的作法。另一方面，在古今中外的歷史上，很多時空裡都有「數字管理」的能力——如果沒有數字管理的能力，埃及造不出金字塔，蘇聯也發射不了人造衛星和導彈；但是，可以說古埃及和蘇聯，就是文明社會嗎？

除此之外，他也一再指出，明朝以道德為治理國政。不但皇上以道德自律，同時以道德要求百官；中央對地方官吏的考核，不是以事實為考量，而是以道德的語言來決定賞罰。譬如，「我們的帝國在體制上實施中央集權，其精神上的支柱為道德，管理的方法則依靠文牘。」（p.63）還有，「技術上的爭端，一經發展，就可以升級擴大而成道德問題，勝利者及失敗者也就相應的被認為至善或至惡。」（p.83）他指出道德在統治上的特殊地位，確實觀察入微。對於了解明朝乃至於中華文化，都有重要的含義。可是，為什麼會發展出以道德為量尺來治國呢？如果以道德治理，弊病叢生；那麼，替代方案又是什麼？可惜，對於這些在理論和實務上都很重要的問題，他卻沒有處理。

無論是大歷史或數字管理，乃至於書中其他發人深省的見解，可能和黃仁宇的個人經驗有關。軍校畢業後，他在行伍間親身經歷基層的雜亂無章。在美國時，他曾以打工維生、曾失業過、與家人一起度過艱辛的歲月。這些人生經歷，多少會直接間接的影響他的史學觀點。

無論如何，《萬曆十五年》這本書，提供了很豐盛的材料。不過，這些材料，應該只是起點。利用這些材料，可以思索一些影響華人社會興衰的根本問題，更可以琢磨分析社會現象時較好的角度和方法。

四、續貂

在香港城市大學客座時，除了正常的教學，我主動提出建議，願意帶一個讀書會；每週討論一本書，前後八週。經濟暨金融系作了海報宣傳，也補助買書費用的一半。後來，變成由陳順源和我一起主持，參與的學生以英文、廣東話、或普通話發言都可以；不過，用廣東話發表的意見，陳順源聽得懂，用英語回應。

《萬曆十五年》，就是討論的書之一。這本書，我過去曾經翻過，沒有細看。為了讀書會，重頭看一次，覺得材料饒有興味（fascinating）；我認為，黃仁宇獵史很廣，著眼也很別緻；然而，他似乎嘗試歸納出一個史學理論，卻點到為止、差了臨門一腳。如果他有機會接觸到社會科學，同樣的材料，成果可能大不相同。

關於張五常和克魯曼的文章，是應「時報文化」之邀，作為克魯曼一本書的導讀。中國大陸《經濟學家茶座》的主編詹小洪，當時正在漢城客座；他建議文章改名為「識者克魯曼、智者張五常」，我欣然而從。

The Diamond Sutra
Economic Analysis
perceive with non-perception
stand with non-standing

第七章 霧中之島福爾摩沙

一、馬英九輸了總統大選!?

三月十九日上午，雖然是台灣大選投票前夕，但是民進黨中央黨部卻十分平靜；而且，似乎還隱約透露出一點寂寞冷清的氣氛。經過四年的競選活動，陳水扁和全黨上下卯盡全力；但是，各種跡象卻顯示，陳水扁即將落敗。總統府祕書長邱義仁，剛剛接待來自港澳的一批客人；他們是媒體和學界的訪客，特別到台灣觀察大選。客人陸續離開，邱義仁獨自坐在一角，和街上喧囂的選情對照，似乎不太協調。

下午一點三十分，股市收盤；很多和綠陣營關係良好的公司，特別是一些金融事業單位，股價紛紛重挫。相反的，和藍營有關的公司，股價亮麗。這一切，似乎都印證其他的訊息；執政四年的民進黨，即將在大選中失利，交出得來不易的政權。

下午一點四十五分，混雜在鞭炮聲中的兩聲槍響，驟然改變即將發生的這一切：因為，第二天大選結果，勝負之間差不到三萬票。不過，由後見之明來看，槍響之後所發生的，才真正對選情產生了微妙但決定性的影響……

槍聲過後，陳水扁連任成功。可是，陳水扁贏了嗎?在他執政的四年裡，朝野爭議不斷。最後競選連任，不是以任內的政績為主軸，而是放在「修憲、制憲」、「愛台灣、不愛台灣」等議題上。和大選同時舉辦的公投，從頭到尾都有適法性的問題。陳水扁一再宣稱，支持公投，就是愛台灣；支持公投，就是認同這塊土地。公投勉強舉辦，結果領票的，只有選民的四十五%左右；而且，在實際領票的選民裡，還有七%到八%投下反對票。也就是，真正支持公投議題的，只占全部選民的四〇%左右。有六〇%的民眾，沒有支持公投。根據陳水扁的標準，這表示有另六〇%的人不愛台灣、不認同這塊土地。陳水扁認為任內最重要的政績，卻只得到近四〇%選民的支持。然後，他挨了一槍，以不到〇・五%的差距險勝；陳水扁算贏嗎？

槍擊剛發生時，確實造成一股濃厚的不安情緒。在時間、地點、送醫急救的程序上，都有太多的巧合。不過，經過媒體廣泛而持續的報導，情況似乎逐漸明朗。槍擊，不太像是想造成政治動亂；否則，會在股市收盤前動手。比較可能的解釋，是精神異常的人，放冷槍宣洩；或者，是地下賭注金額過大，組頭希望以怪招取勝。無論如何，這不像是有計畫的謀殺、希望致人於死地——如果是職業殺手，結果勢必大不相同。

然而，即使陳水扁沒有生命危險，槍擊受傷之後，必然會吸引許多同情票。相對的，國親的危機處理，當然是設法降低這個突發事件的衝擊。當時，國親其實可以正式提出：因為槍擊事件過於突兀，對大選造成難以評估的衝擊；因此，政府應依法發布緊急命令，選舉暫停一週或十天。等真相釐清和民眾情緒平穩，再正式投票。並且，國親本身提出五千萬甚至五億台幣，作為破案獎金。即使是陳水扁或中選會作成決議，選舉照常舉行；國親至少變成主動，而且化解一部分正在蓄積的同情票。然而，禍起蕭牆，國親自己卻犯了一個嚴重的錯誤。

晚上十點左右，國親競選總部召開記者會。馬英九是國民黨副主席，又是連宋競選總部總幹事，言行舉止，動見觀瞻；他的旁邊，坐的是無黨籍的陳文茜。陳文茜表示：根據她的消息來源，陳水扁的就醫紀錄，曾經被竄改；而且，在事前，奇美醫院似乎就有人知道、將有大事發生。馬英九也認為：槍擊事件，還有許多疑點。這些言論和舉動，至少有幾點可議之處：第一，陳文茜是無黨籍，在這種敏感時刻，不該出現在國親的競選總部。第二，槍擊的真相如何，坊間有許多傳言。但是，槍擊已經發生，陳水扁已經受傷；無論由戰略或戰術的角度，國親總部除了表示關心之外，當然不值得空穴來風、捕風捉影。

果然，國親記者會一結束，民進黨抓到把柄，火力全開。台北縣長蘇貞昌，聲色俱厲、義正辭嚴的抨擊：為了台灣這塊土地，陳水扁遭人槍擊，大難不死；國親含沙射影、含血噴人，簡直沒有人性。「國親沒有人性」的語句，反反覆覆、一再出現，然後四處傳播發酵。民眾本來混沌不明的情緒，一下子找到了明確的定位；想投同情票的選民，等於找到了著力點。陳文茜、馬英九和蘇貞昌之間的一來一往，此消彼長，來回差距想必不止三萬票。

追根究柢，陳文茜一向獨往獨來，周旋於權力核心之間；並且，經常在談話性節目裡說長道短，享受益智遊戲的樂趣。她不了解一般民眾的心理、語出驚人，並不奇怪。相形之下，馬英九身為國親競選總幹事，考慮的當然是整個國親陣營的得失。因此，容許陳文茜在國親記者會現身、容許她臧否揣測，本身又附和幫腔，馬英九可能要負最大的責任。在面對這個重大危機之時，馬英九的應變處理，顯然大有可議之處。

而且，對馬英九而言，危機處理時進退失據，這不是第一回。一年前，SARS入侵台灣，台北市和平醫院傳出緊急感染，決定要封院。因為事出倉促，而且缺乏配套措施，有許多醫護人員不願意配合；馬英九嚴正表示：醫護人員不服從指揮，視同陣前抗命。可是，陣前抗命，適用軍法，嚴峻無比。這些醫護人員，多半只是薪水微薄的僱用人員，甚至不具備公務員身分；何來陣前抗命，又如何適用「軍法」？

還有，四年前大選，陳水扁、連戰、宋楚瑜三人競選；投票結果，陳水扁勝出，宋楚瑜以二十萬票落敗。當晚，許多泛藍支持者，聚集在國民黨中央黨部前；群情激憤，高喊要李登輝黨主席下台。大選剛結束，在首府台北、在總統府前，有大批群眾聚集示威，這是不折不扣的突發事件、是危機。結果，馬英九到達現場、安撫群眾；但是，出人意表的，他竟然接受群眾的要求，同意前往李登輝官邸，請他辭黨主席。當時，馬英九有兩種身分：台北市市長、和國民黨中常委。他是以台北市長的身分，調動人力物力、處理群眾運動；他以國民黨中常委的身分，可以在國民黨的中常會，請李登輝下台。可是，無論是哪一種身分，當晚他到李登輝官邸勸退，都是荒腔走板。馬英九是泛藍陣營的希望，人品操守都令人推崇；但是，他在面對危機時的表現，卻一再令人錯愕難解。

千百年之後，後世的史學家可能會這麼記道：「二〇〇四年三月十九日，陳水扁競選時遭受槍擊；翌日，以微小差距獲勝連任。」但是，後世的黃仁宇，卻可能會記道：「二〇〇四年，是平凡無奇的一年。在台北市長馬英九的手裡，輸了那一年的總統大選。」甚至，見微知著的黃仁宇，還可能會以大歷史的筆法，再加上一句：「那一年，馬英九輸了二〇〇四年的大選；那一年，他也輸了二〇〇八年的總統大選！」……

二、霧中之島福爾摩沙——台灣二〇〇四大選的意義之一

二〇〇四年三月二十日，台灣將舉行政黨輪替後第一次總統大選。選前，根據一切

民調，執政的民進黨即將落敗。因此，各部會首長，都已經交代機要開始打包，準備交接；在野的國親兩黨，也已經決定主要的人事安排，準備重新執政。

投票前一天，三月十九日下午一時四十五分，兩顆來路不明的子彈，驟然改變即將發生的一切。翌日，陳水扁以微小差距，連任成功。無論是陰謀或是陽謀，槍擊確實對台灣今後的發展產生深遠的影響。真正的衝擊，也許在數十百年之後，才會塵埃落定。但是，當歷史的帷幕正在緩緩掀起的時刻，也許可以試著揣測一二。

這麼做，一方面是讓思維沉澱，希望能洗滌焦躁不安的情緒；另一方面，則是記錄目前的所見所思，為歷史作見證。由一個旁觀者的角度來看，或許最關心兩個問題：今後台灣將何去何從？還有，由台灣發展的軌跡裡，又可以萃取出哪些智慧的結晶？這兩個問題，無論對台灣或是範圍更大的華人社會而言，顯然都很重要。

置身國際兩大強權之間

台灣今後的走向，可以從兩個層次上來觀察：島外、和島內。雖然這兩者彼此牽連，不容易切割；不過，在性質上，主導兩者走向的力量不太一樣。在國際上，美國和中國大陸的舉措，決定了台灣的走向；在島內，則是由台灣內部的幾股力量，決定台灣今後的軌跡。在國際上，過去分成資本主義和共產主義兩大陣營，彼此競爭；蘇聯解體、柏林圍牆倒塌之後，這種劃分已經消失。繼之而起的，是分成東方和西方，由美國和中國大陸成為主導世界局勢的兩大要角。而且，無論在經濟或政治上，美國和中國大陸顯然是處於亦敵亦友、既聯合又競爭的地位。

台灣，處在美國和中國大陸這兩大強權之間，地位很微妙。對美中而言，與其說台灣是一個問題，不如說台灣是一顆棋子、一個籌碼。美中的取捨，決定了台灣活動的空間、以及最大的自由度。置身在兩大強權之間，台灣也許希望藉著一些動作，借力使力，以彼之矛攻此之盾，為自己爭取更大的空間。但是，對美中而言，和本身的國家利益與其他得失相比，台灣問題並不特別重要；這是國際政治的現實，而和意識型態、經濟制度、或台灣民眾的意願無關。

相形之下，台灣島內的發展，要難預測得多。到底會走向「新而獨立的國家」，還是走向兩岸關係解凍、雙方共存共榮？真正的發展，當然受到諸多力量的影響；不過，雖然沒有先見之明的奢侈，在目前這個時點上，還是可以作一些揣測。

民進黨塑造假想敵

民進黨，最早是以反專制崛起，敵人是國民黨；打下國民黨之後，把中國北京當作新的敵人。而且，除了北京這個工具性的敵人之外，還繼續在島內找敵人；挑撥族群這個議題，就是在塑造假想敵，凝聚向心力、爭取選票。因此，「愛台灣」，成了民進黨的最高指導原則；其他民生經濟等等議題，幾乎消失無蹤。以愛台灣作為主軸，是以原始情緒作為訴求。但是，至少對許多民眾而言，這是強而有力、能引起共鳴、得到選票的口號。

在野的國親兩黨，事實上有許多支持者；但是，除了不會打選戰之外，國親最大的問題，是在批評民進黨之餘，本身沒有清晰的核心價值。民進黨有「愛台灣」這面大纛，而國親兩黨所揭櫫的替代方案，是什麼呢？國親可以批評民進黨，「只有口水，沒有牛肉」；但是，國親自己的牛肉，又是什麼呢？這個問題，不但令國親的支持者困惑，相信也令國親的高層語塞。

對國親而言，要找到核心價值，真的那麼困難嗎？其實，未必。以國親的背景，以台灣的歷史經驗，以兩岸的淵源，「一個中華、兩個民國」事實上是很好的最高指導原則。一個中華，是指中華文化，是兩岸共同的源流；兩個民國，是指一九一二年和一九四九年所成立的兩個政治實體。主張前者，可以化解北京和大陸民眾的敵意；強調後者，可以吸引台灣本土民眾的支持。這個主軸，可以和民進黨「愛台灣」的主軸競爭；而且，在這個主軸之下，既可以處理兩岸關係，也可以把焦點轉移到民生經濟等實質問題上。

政權更迭有利孕育法治

台灣今後的發展，一條可能的軌跡，是國親化解彼此之間的矛盾，整合成功；並且提出具體的替代方案，和民進黨愛台灣的路線競爭。那麼，經過幾次選舉，政黨輪替可望出現。而且，經過幾次上台下台的政黨輪替之後，至少會有兩點重要的發展。一方面，最高層次上國家認同的糾纏情結，逐漸宣洩；朝野競爭的重點，逐漸移轉到實質的公共政策上。另一方面，更重要的，是政黨輪替對司法的影響。

台灣在發展民主過程裡，經歷了許多波折；主要的原因之一，是沒有獨立自主的司法，足以維持公平合理的遊戲規則。這是華人文化的缺失，不限於台灣；歷史上，司法是統治的工具，而不是和行政權平起平坐、分庭抗禮的棟梁。因此，過去的執政和現在的執政黨派，總是希望操縱司法、操縱遊戲規則。在台灣，國民黨過去是如此，民進黨現在依然如此。經過幾次政權的更迭之後，也許才會體會到，獨立公正的司法，對大家都有利。這時候，才可能逐漸孕育出真正的、可長可久的民主和法治。

另一條可能的發展軌跡，就是國親整合不成，又沒有吸引選民的核心價值；在這種情形下，善於打選戰的民進黨將繼續執政。愛台灣，將逐漸由口號成為政策。台灣本土化的程度加深，和中國大陸漸行漸遠；本土化過程中引發的磨擦和衝突，成為支持這個社會運動的動力。因為國共內戰而遷居台灣的人，有一部分會離開台灣，回到大陸或移往其他地區。

「去中國化」過程漫長

在這個過程裡，將會有一個轉折點；也就是當第一代的外省政治人物，逐漸凋零之後，所有島上的人，都是在台灣出生長大。「愛台灣」，可能慢慢不再成為合縱連橫的口號；這時候，或許政治的動能，會轉向公共政策的論對。不過，「外省人」雖然可能消失，華人文化卻依然存在；本土化和去中國化，還是可能主導政治，延續數十、甚至數百年。當然，「本土化」和「去中國化」，將是一個漫長的過程；福爾摩沙這個美麗之島今後的容顏如何，確實很難臆測。

由旁觀者來看，歷史的發展有一定的邏輯；不過，歷史的邏輯，通常是由各種利益和力量彼此較勁和角力來決定，而與是非對錯或公平正義無關。台灣追求民主的經驗，正是貼切的寫照。至於從台灣經驗裡，可以萃取出哪些智慧結晶，顯然就不是這篇短文所能概括的了！

三、當代啟示錄——台灣二〇〇四大選的意義之二

二〇〇四年台灣總統大選過後，到今天已經有一段時日。我曾經回台灣兩次，各待了三五天。台北的街頭，依然五光十色；行人往來，舉止一如平常。除了立法院周邊的地上，排了一些備用的鐵絲網拒馬之外，民眾生活起居，似乎一切依舊。

倒是在香港，幾次餐敘，朋友的情懷讓我有些訝異。一次，高談闊論之餘，座中朋友激動得口沫橫飛、飯粒四射；另外一次，客人義憤填膺、理直氣壯，聲音愈來愈大，主人再三表示：慢慢講、別激動，免得嚇了旁邊的菲傭。

對我而言，大選本身事不關己，不過，為了有參與感，在選前我和朋友分別打了七

個賭，賭注從一頓午餐、到台北凱悅一桌酒席不等。三月廿日當晚，投票結果揭曉，馬上決定了六個賭注的勝負。第七個賭，還有待時間的考驗——如果陳水扁當選，北京會不會對台灣動武？香港城大經濟系的一位同事認為，四年之間，一定會；我覺得，即使陳水扁連任，北京也不至於動武。賭注是一百港幣，到底誰贏，四年之內就會分曉。

選前的槍擊事件、大選當晚開票的起伏、事後的聚眾抗議，再加上選前的連續造勢，各種煽情的選舉語言等等；短短的時間裡，發生了許多事，要理出一個頭緒，確實不容易。不過，既然自己目睹這一切，身為旁觀者，又是社會科學研究者，如果要萃取出一些人生的智慧，可以歸納出哪些心得？

只論立場不理是非

經過這些天的思索，我想或許有一點心得。選舉前後，藍綠壁壘分明；似乎變成只有立場，沒有是非。對藍營來說，綠的所作所為都錯；反之，亦然。不過，要判斷是非，其實不難。每一個人只要自問，同一件事，如果角色互換，那麼是非對錯如何。譬如，如果不是吳淑珍買股票，而是連戰的太太買股票，可不可以？如果挑起族群議題的，不是陳水扁，而是宋楚瑜，則如何？

對於大部分的事件和行為，只要用同一把尺，就大約可以分出是非對錯。然而，在某些問題上，情形要複雜一些。總統府祕書長陳師孟，曾經在立法院表示：「國旗和國歌，並不等於國家；國旗和國歌，都是可以改變的。」陳師孟的說法，可能有語病；但是就法論法，卻並沒有違法。只要經過修法的程序，不只可以變更國旗國歌，連國號都可以改。因此，他的說法，雖然對許多人造成了衝擊，可是並沒有牴觸法律。當然，在過去，任何總統府祕書長，都不會有類似的言論。他的行為，打破了墨守的成規。

輿論法律防線相繼失守

一旦不守成規，是非如何，顯然要看公共論述，也就是輿論。然而，在大選之前，公共論述逐漸邊緣化；各種媒體上的輿論，不再有人注意，也不再有人關心。一位朋友，長期為主要報紙撰述社論；他覺得，從來沒有這麼沮喪灰心過。另一位朋友，負責一份主要的政論雜誌；他提到，原來認為理所當然的，現在似乎全部消失。公共政策的論述，好像要從最基本的ABC重新說起。還有很多學者，過去會執筆為文，發表評論，參與討論——包括我自己；可是，現在他們覺得自己是狗，有狗吠火車的情懷。輿論，好像失去了原有的作用。在某種意義上，這表示輿論這道防線已經潰散。

一旦輿論的防線也失守，被測試的下一道防線，就是法律。法律是決定是非的長城，也是維繫社會的最後底線。在這次大選裡，法律這道防線也受到考驗。根據選前通過的《公民投票法》，總統在國家面臨緊急危難時，可以逕行舉辦公民投票。

在目前的兩岸關係下，陳水扁堅持要舉行公民投票，而且要和總統大選同時舉行。陳水扁還表示，即使沒有法律，也可以公投。公投除了在國際上引起波折之外，在台灣更引起適法性的爭議；當然，法律最後的仲裁，是由大法官會議來決定。可惜，退休的大法官和法界人士，卻分成兩派；他們分別連署，然後在報紙上刊登聯合聲明，表達兩種完全相反的主張。因為種種因素，對於公投的適法與否，現任的大法官們，沒有機會表示意見。因此，短期來看，至少法律這道最後的防線，還沒有被沖垮。

不過，大選過後，司法女王的韌性，很快地就將受到試煉。選前，陳水扁的競選政見之一，就是在二〇〇六年推動制憲；通過之後，將在二〇〇八年施行新憲法。就一個憲政國家而言，只要循法定程序，不只可以更改國旗國歌國號，也可以凍結憲法本身。然而，在這種情形下，整個程序依然遵循憲政秩序進行。在憲政國家裡，只有修憲的問題，而沒有制憲的問題；「憲政」和「制憲」，是兩個彼此衝突的概念。陳水扁的制憲之旅，不久就會直接考驗整個司法體制本身。

因此，台灣二〇〇四年大選的重要啟示之一，也許就是民進黨的作為，挑戰和摧毀了一道又一道的防線。在舊的體制裡，社會裡有一層又一層的遊戲規則；行政倫理、輿論、司法體系，各有各的自我期許，也各有各的活動空間。由早年的「黨外」開始，民進黨一路走來，不斷的衝決網羅；執政之後，仍然繼續挑戰既有的思維和體制。在民意（或民粹）的大旗之下，所向披靡；遊戲規則一路解體，防線也一道一道的崩毀。因此，表面上看，台灣社會似乎已經恢復平靜，一切如常；其實，抽象來看，台灣正在經歷一場社會體制的革命；革命還在進行，替代方案也還沒有浮現，最後的新體制如何，更是模糊不明。

「民無所措手足」

在一個成熟的民主法治社會裡，多元價值等於是一道道的防線，各道防線各司其職。因為有諸多防線，所以各個防線的責任相對的有限。對於散沙式的個人而言，更談不上要承擔任何責任。美國的水門案件，是很好的例子。即使是世界上最有權力的人，一旦犯錯，立刻面對各種價值體系的臧否。在司法機制還沒有完全啟動之前，輿論的壓力，已經足以使尼克森自動去職。民眾的責任，只在於讀者投書、和打電話給自己的國會議員而已！台灣的經驗，剛好是強烈的對比。原有的各道防線，本來是民眾依恃的屏障；可是，在面對挑戰時，這些防線禁不起考驗。而在防線漸次解體之後，民眾心理上頓失所依，惶然不知所措。似乎，每個人必須直接參與，本身成為判定是非對錯的裁判，而且直接承擔維繫防線的責任。

對台灣悲觀的人，認為「民主已死」；如果民主是如此齷齪，寧可不要民主。對台灣樂觀的人，為台灣的民主辯護，要大家相信台灣。旁觀的人，沒有悲觀的權利，也沒有樂觀的條件；或許，旁觀的人只能期望：在破舊立新的過程裡，台灣社會有足夠的韌性，能承擔得起陣痛；而且，蛻變更新後的多元價值，會比崩毀逝去的好，能負荷得起社會長治久安的重量！

四、續貂

二〇〇〇年，我利用教授休假，到英國牛津大學研究進修；當時，為了稿件的事，曾經和一位素未謀面的朋友，交換了幾封電子信。二〇〇四年，我到香港客座一學期，終於見到了這位朋友——香港《蘋果日報》評論版主編廖建明。他很客氣，請客吃飯、誠懇約稿；對於這位頭髮稍稍中分、言談舉止頗有古風的謙謙君子，我非常敬重他的專業和敬業精神。

「馬英九輸了總統大選」的文章，是應廖建明之邀而作，刊載在香港《蘋果日報》；台灣的報章雜誌，反而認為過於敏感而婉拒。三一九槍擊和大選結果，對很多人造成很大的衝擊。當時我在香港，覺得好像心裡有個東西一直懸著；很想理出一個頭緒，留下見證，也對自己有個交代。另外兩篇文章，就是在這種背景和心情下寫成。

回頭看，也許有一點體會：對於台灣的民主發展，絕大多數人原先都很樂觀；實際的歷程，卻要比原先所想像的艱辛漫長許多！

The Diamond Sutra
Economic Analysis
perceive with non-perception
stand with non-standing

第八章 重新發明輪子

一、重新發明輪子

重新發明輪子（re-inventing the wheel），聽來拗口彆扭，原因很簡單：這是西方諺語，在中文裡好像還沒有類似的說法——沒有人會說：重新發明火藥、指南針！

這句諺語，有點促狹調侃的味道，也有點激勵肯定的意味；因為，輪子問世不知已經千萬年，如果有人還在努力發明輪子，不是令人好氣又好笑。不過，穹蒼之下，有億萬蒼生分散在不同的角落裡；在某一個地方行之有年、視為當然的作法，在另一個地方卻可能是前所未有、令人讚歎的新鮮事。一般生活如此，學術研究也不例外；重新發明輪子的事，本身就有相當的趣味。

在研究拍賣（auction）的問題上，威廉菲克瑞（William Vickrey）有開創性的貢獻，並且得到一九九六年的諾貝爾經濟獎。他最重要、也最常被引用的論文，發表在一九六一年，題目是「反投機和密封競標」（Counter-speculation and Competitive Sealed Tenders）。他的創見所在，是找出英式拍賣（English auction）和密封投標式拍賣（sealed-bid auction）之間的關聯，並且福至心靈、添加新意。

傳統上英式拍賣的方式，是在現場進行，價格由下而上，也就是由低價開始；出價愈來愈高，直到沒有人出更高的價為止。出價最高的人得標，也就是最後喊價的人；可是，雖然他喊的價格最高，卻未必是他心裡真正願意付的最高價。譬如，他心裡願意付的最高價是一百萬；可是七十五萬就標到一件古董。事實上，如果現場競價一直很緊湊，這個最後的價格，會非常接近出次高價格那位心裡所願意付的最高價；因為，另外那一位，可能出的最高價是七十四萬五千元。

可是，很多時候，拍賣不是在現場進行，而是透過郵件通訊進行。每個人寫下願意出的最高價，由特定的人收集。開標時間一到，打開彌封的標單，出價最高的人得標。曲折所在，就是得標的人，付出的是他心裡真正的價格，而不是次高價。這種作法，稱為「最高標」的密封式投標。

菲克瑞的體會，就是這兩種表面上不同的作法，其實可以無分軒輊。他建議：彌封投標時，出價最高的人得標；但是，他付的價格，不是自己的最高價，而是第二高價加一點。這麼一來，在性質上就和往上喊價一樣：願意出最高價的人得標，但是付第二順位者所願意付的最高價、再加一點。菲克瑞在學理上證明，透過這種方式，兩種標法其實相同；學術界也一致同意，菲克瑞是倡議「次高標」的第一人；並且把這種拍賣法稱為「菲氏拍賣法」（Vickrey auction）。當他得到諾貝爾經濟獎時，頌辭裡也特別提到他那篇一九六一年的文章。

有趣的是，菲氏所發明的作法，在美國的其他角落，事實上已經行之有年。根據記載，美國在一八四七年開始發行郵票，大約十年之後，就已經形成集郵的市場。一八七〇年左右，紐約的郵票公司開始公開拍賣郵票。拍賣的方式，是最普遍的英式競標法；由低價往上喊價，出價最高的人得標。當然，美國幅員遼闊，很多人無法在現場參加投標。所以，最先是有人接受委託，替他人出價競標。而後，紐約的郵商布朗（William P. Brown）推出通訊投標和現場投標並用。他接受郵迷通訊投標，然後在公開拍賣時，義務替不在場的人出價。因為公開拍賣以英式喊價進行，所以一旦通訊投標的郵迷得標，可能得標價不及他所寫下的最高價。接著，在一八九三年，麻州的郵商韋瑞特和賴維士（Wainwright & Lewis）更進一步，推出只接受通訊投標的拍賣，而且採用「次高標」的作法。他在集郵目錄上公布標的物，標明最低價和截止日期。散居各地的郵迷，就以郵件寄出標單，到時候由郵商開標，公布結果。

因為通訊投標是由公開競標演變而來，所以郵友和郵票公司，都非常清楚「次高標」的意義。因此，雖然剛開始有通訊投標時，「最高標」和「次高標」的作法並存；但是，慢慢的，次高標的作法逐漸取代最高標的作法。最後，在集郵界這變成是眾所公認、普遍採取的作法；也就是出價最高的人得標，但不是付出最高標、而是付次高標的價格。所以，至少在美國，從一八九〇年左右開始，郵迷們就已經採用「次高標」——菲克瑞在六七十年後提出「次高標」的概念，是不折不扣的「重新發明輪子」！

而且，菲克瑞在學理上的發現，還忽略了一個現實社會的曲折。當郵商主持通訊投標時，容易出現作假、中飽私囊的情事：因為投標的人都在外地，開標時只有郵商在場。因此，即使最高標和次高標相去很遠，郵商也很容易以少報多；他可以告訴得標的人，次高價只比最高價少一點點。或者，當郵商看到有人出高價時，他會警覺到，是不是自己消息不靈通、把黃金當廢土賣；而後，就以廢標或假投標的方式，留住某些標的物。真實的世界，畢竟和象牙塔裡的世界有一段距離。

不過，象牙塔裡的書生之見，也確實禁得起考驗。網際網路盛行之後，最大的拍賣網站「網灣」（e-bay），一開始也是採取英式拍賣法，由低而高。可是，拍賣期間由幾天到幾週，大家都忙，不可能一直盯著電腦螢幕看。所以，為了提高競標的效率，網灣設計了特別的程式；每個競標者可以事先設定自己願意出的最高價然後輸入電腦。設定之後毋需操心，電腦會一直參與競標；直到得標，或者價格超過設定價、退出競標。如果自己得標，價錢可能會低於自己原先設定的最高價。這種改良式的英式拍賣，正是現場競標和通訊投標的結合；而最後的結果，也正是菲克瑞在一九六一年論文裡提議的方式！

在研究網路拍賣時，一位年輕的美國經濟學者意外發現，十九世紀末美國的郵友們，就已經普遍的採用菲克瑞在一九六一年「發明」的標價法。這篇關於諾貝爾獎得主重新發明輪子的文章，登在二〇〇〇年的《經濟視野期刊》（*Journal of Economic Perspectives*）。不過，除了科學史、經濟思想史上的趣味之外，這段史實對後人有什麼啟示呢？

最明顯的，當然是經濟學者不識菽麥的程度，令人擔心；不但菲氏不清楚真實世界裡的情形，往後四十年裡，其他的經濟學者也一直留在象牙塔裡。事實上，許多經濟學者，終年在課堂上和論文裡夸夸而談經濟活動，可是卻可能從來沒有任何實戰經驗——除了買報紙和上超市之外。孔老夫子「吾不如老農」的自省，歷久彌新。其次，在經濟學和其他領域裡，重新發明輪子的現象，可能所在多有。每發明一次輪子，當然就代表又是一次人力物力的耗費。隨著網路所匯集的資料庫愈來愈大，同領域乃至於跨領域的整合互通，可望逐漸減少重新發明輪子的現象。而且，這種對跨領域資訊的匯總整理，顯然是有意義（有價值——也就是蘊藏鈔票）的努力方向。

當然，就學術研究而言，當類似的材料累積得夠多時，也許有一天「重新發明輪子」本身，會成為一個小的研究課題——當然，也許這個想法本身，就是在重新發明輪子！

二、網路裡的文化因素

文化，幾乎無所不在；對人類活動，有廣泛的影響。可是，非常奇怪，絕大多數的經濟學者都會異口同聲的說：文化很重要。然而，在主流的經濟學教科書裡，幾乎沒有任何篇幅是處理「文化」這個主題。

重要的經濟學家裡，大概只有寇斯隱約觸及這個問題。當他在一九九一年得到諾貝爾獎時，講辭的題目是「生產的制度性環境」（The Institutional Structure of Production）。他認為，經濟活動，是在某種典章制度裡進行；因此，經濟學家不應只注意經濟活動本身，而應該多了解支持經濟活動的整個環境。文化，當然是典章制度的一部分；而文化和經濟活動的關聯，也確實值得研究。

二〇〇三年一月到七月，我在香港城市大學客座，擴充誤人子弟的範圍。城市大學，原來是香港城市理工學院，升格為大學才十餘年，朝氣蓬勃。學校改制後不久，就成立了「中國文化中心」。中心的主要任務之一，是編輯《中國文化導讀》上下冊，作為全校學生必修課（六學分）的教材。這麼做的著眼點，主要有兩個：一方面，香港是華人社會重要的一環，對於中華文化，香港子弟們至少要能粗識草木鳥獸之名。另一方面，九七之後，香港和大陸經濟方面的互動愈益頻繁；對華人文化多了解，等於是提昇了香港子弟在中國大陸的競爭條件。辦高等教育時，能對理念和實務並重；我這個旁觀者看在眼裡，覺得十分佩服。

中心定期舉辦很多演講活動，我也參加了一些。五月中旬，學期結束；我改完試卷，繳了成績之後，就著手寫一本關於經濟學的「社普」書籍。每寫完一章，就請系主任俞肇熊教授——同事口中的「領導」——過目；然後在一起午餐時論對一番，斟酌損益。

寫著寫著，就碰上「文化」這個主題；我花了兩章的篇幅，處理經濟和文化的關聯，特別是由經濟分析的角度，解讀華人文化的特色。而且，就近取譬，還把文化中心出版的《中國文化導讀》當箭靶，臧否了一番。俞領導看了之後，有點擔心；他認為我言之成理，自成一格。可是，經濟學者論斷文化問題，會不會班門弄斧、外行充內行；最好請專家看一看，免得鬧笑話。

我覺得他言之成理，就把文章寄給城大幾位真正的專家看。沒想到，透過網路，過去完全不認識、也不同領域的學者，反應出乎意料的熱烈。相約碰面長談，非常投機，再一牽拖，又認識了一長串新朋友；其中有一兩位，還變成一起大塊吃肉、大碗喝酒的損友。以文會友，確實是樂事一樁。

不過，雖然專家們不見外，我自己倒是有所儆惕。在我的文章裡，由經濟學的角度，對華人文化的特色提出一些闡釋；可是在性質上，可以說是自以為是、想當然耳的論斷。真要有說服力，最好不只是有定性（qualitative）的分析，而是能有定量（quantitative）的材料——胡適說的：「拿證據來！」

我開始思索，在看過的經濟學文獻裡，有沒有相關的論述。我想起，前幾年曾碰過一位華裔加籍學者戴博士（Janet Tai Landa）；一九九〇年代，她曾發表一系列的論文，探討東南亞地區華僑的經商模式。

華人文化裡，一向重視家庭以及宗族裡的倫常；這種倫常關係，形成一種人際關係的網絡。在自己的土壤上，固然活絡綿密；在異域他鄉裡，更是強韌無比。因此，東南亞地區的華僑，就透過這層網絡從事經濟活動。網絡裡的人，賒欠借貸，反掌之易；網絡外的人，除非有人援引推介，否則就是形同陌路。這種作法，當然局限了生意的範圍和規模；但是，同時也降低了作生意的風險，保障了生意的穩定和延續。

在琢磨戴博士的研究時，剛好又接到一篇論文，作者是新加坡國立大學的蕭瑞麟博士；看完之後，感覺上像是下了一場及時雨，精神大振。新國大有許多EMBA課程，蕭博士當時負責其中的一環；學員們都是東南亞企業界和政界的菁英，他常帶隊到大陸港台等地參觀遊學。不過，他一邊參訪，也一邊作研究；寄給我的論文，就是他剛完成的一篇實證研究。他發現，因為網路交易盛行，所以歐美一些軟體公司，開發出許多相關的軟體支持網路上的市場活動；這些軟體在歐美大受歡迎，所以業者也進軍大陸市場，希望能攫取這塊令人垂涎三尺的大餅。

可是，說也奇怪，橘逾淮而為枳；在大陸地區，這些軟體不叫好也不叫座，簡直就是乏人問津。他深入訪談的結果，發現了問題所在：買牛奶麵包時，一手交錢一手交貨；資本主義國家如此，社會主義國家也是如此。可是，網路交易，不是一手交錢一手交貨；以信用卡或其他方式付錢一段時間之後，貨才會送到。因此，買賣雙方之間，在錢和貨之外，需要額外的一層「信任」，才能完成交易。如果有人賴皮，就必須有適當的機制來處理，否則市場無以為繼。

蕭博士發現，在中國大陸，顯然還相當缺乏這層額外的信任；而搭配輔助的善後機制，也付諸闕如。沒有支撐網路市場的條件，自然沒有網路市場；沒有網路市場，自然也不需要操作網路市場的軟體——沒有馬，自然也不需要鞍！

戴蕭兩位博士的實證研究，似乎卑之無甚高論；對於華人文化稍有了解的人，大概會覺得本當如此。可是，事實上，他們的成果不但契合「拿證據來」的要求，更蘊含了深刻的意義。表面上看，戴博士研究的「親族網絡」，是倫常關係的特色；蕭博士探討的

「信任」，則是陌生人之間的互動。不過，在本質上，其實是相通的，都反映了人際關係的某種狀態、某些特質。在華人社會裡，有倫常關係為基礎，等於有所依恃、有信任的條件；而網際網路，用戶彼此之間互不相關，也就沒有信任的基礎。

無論是親族網絡或信任，似乎是文化的某種特質。可是，戴蕭兩位博士的研究，卻具體而微的展現出，這些文化特質其實類似一種「工具」；有濃厚的功能性，對於經濟活動的影響，只是諸多功能之一而已。重要的是，各個文化裡的特質，是不是有助於經濟活動，能不能發揮一加一大於二的特質；而且，不只在小範圍、親族之間發揮作用，還能夠跨越地理人情的限制，在陌生人之間運作如常。文化裡的經濟成分愈多，顯然愈能支持現代社會的經濟活動，也就愈能累積出「國富」的成果。

當然，延伸的問題是：文化本身也是經過漫長的過程累積而成，並且不會一成不變；那麼，有沒有適當的方式，可以刺激出文化裡更多的經濟成分，或者是加快凝聚結晶的過程呢？對於這些問題，恐怕還真的不容易「拿證據來」！

三、藍綠鈔票對決

經濟學，強調使用資源時，要設法提昇效率；經濟學者，有點像是企業家，總是希望能想出新點子，改善資源運用的效率。身為經濟學者，多年來我也提出過許多大小建言。最近的一則，是關於台灣的樂透。樂透剛發行時，在台灣造成旋風；人手數張，街談巷議都脫不了彩券。每週兩次公開搖獎時，電視機前更是有志一同、萬眾矚目。

當時，我在報紙發表評論，建議每次開獎前，不需要歌舞表演、人物訪談；最好利用這個大好機會，作些公民教育。譬如，輪流由各個專業協會出面，向一般民眾介紹買電器、皮膚保養、西餐宴會、投資理財、稅務租賃等的基本知識。可惜，建議露面後，沒有回響。最近媒體報導，發生了一連串假退稅真詐騙的事件；民眾半生的積蓄，一夜之間化為烏有。我覺得有點懊惱，自己的點子不受重視，沒發生作用。

台灣的大選，雖然還有好幾個月才投票，可是兩邊卻早已經公開叫陣；藍綠之間的衝突，步步昇高，令人目不暇給。隨著選戰加溫，藍綠之間的對立，可能會不斷刺激一般民眾心底深層的情懷。而且，大選結果一旦揭曉，不論是藍（國親兩黨）或綠（民進黨）贏，贏的一方固然士氣大振，輸的一方想必不會一笑置之、就此罷休。未來幾年，藍綠陣營和他們各自的廣大支持群眾，恐怕還有很多的情緒要宣洩和排遣。

為了排解民眾心理上黨同和伐異的情懷，我謹建議：銀行體系發行兩種顏色的鈔票，面額相同，但是有正藍和正綠兩種。藍綠的鈔票同時流通，由民眾自由選用。兩種鈔票的世界，會成為什麼模樣呢？要揣摩那種情境，不妨從一些相關的資訊著手。

在經濟學裡，公認貨幣有三種主要功能：是交易的媒介、是衡量價值的尺度、也是儲藏價值的工具。三種功能，綱舉目張：用貨幣（而不是石頭）去買牛奶麵包，這是交易的媒介；用貨幣（而不是石頭）為牛奶麵包標價，這是衡量價值；把貨幣（而不是石頭）藏在床下或存在銀行裡，這是儲藏價值。無論貨幣的顏色是藍是綠，都能發揮這三種功能。其次，經濟學裡，關於貨幣最有名的定律，是葛氏定理（Gresham's Law）——劣幣驅逐良幣：如果同時有兩種貨幣流通（譬如金和銀），而大家認為其中一種是劣幣（期望將來會貶值）；那麼，民眾會留下良幣，而使用劣幣。慢慢的，市面上的良幣愈來愈少，而劣幣愈來愈多。劣幣驅逐良幣的結果，是良幣可能反而逐漸消失；可是，劣幣和良幣之間的兌換比例如何，其實未定。

表面上看，鈔票有藍綠兩種，似乎和葛氏定理無關；因為面額相同，而且有銀行體系支持，所以不會分出劣幣和良幣。不過，如果藍綠的支持者對兩種鈔票採取差別待遇，最後確實可能呈現出一些特殊的景觀。

美國芝加哥大學的貝克教授，是諾貝爾經濟獎得主；他的博士論文，是由經濟分析的角度探討種族歧視（discrimination）。譬如，白人買啤酒時，可能寧願多走五分鐘的路、或多花幾塊錢，而只向白人買；同樣的，賣啤酒的白人，可能對白人顧客笑臉相迎，對黑人顧客就有意找碴，甚至乾脆拒賣。因此，有歧視偏好的買者和賣者，為了享受歧視的樂趣，在正常的、名目上的價格之外，還要付出一點「非貨幣價格」（non-monetary price）。

只要市場夠大、消費者的人數夠多，每個人只需負荷一點點歧視成本，就可以支持市場裡涇渭分明的交易型態：有些店鋪只有白人光顧，有些商家只有黑人上門，其餘則是對黑白兼容並蓄的第三種。種族歧視這個課題，原來是社會學者的研究領域；但是，貝克藉著「非貨幣價格」的概念，把歧視的現象納入經濟分析。這是開創性的貢獻，得到經濟學的桂冠有以致之。

那麼，一旦發行藍綠兩種鈔票，最後會變成劣幣驅逐良幣的景觀，還是會形成楚河漢界的情況呢？發行面額相同、顏色不同的鈔票，最大的好處，是讓民眾有機會宣洩心理上的情緒。政治，不再是政治人物、學者專家的專利，也不是每隔三四年才有機會藉著投票來洩洪；政治，是每個人在自己的日常生活裡，就可以隨時而且持續的、藉著鈔票微妙的傾訴自己的心曲。

最極端的情況，是每個人都愛憎分明、而且形諸於外。泛藍（泛綠）的消費者，希望口袋裡只有藍（綠）色的鈔票；一旦拿到另一種顏色的鈔票，有機會就脫手花掉。另一方面，無論泛藍或泛綠的商家，一切向錢看、不分藍綠。在這種情形下，如果每個人口袋裡的鈔票約略相等，那麼由銀行體系裡藍綠鈔票的發行總額，就可以判斷民意的趨向。藍綠鈔票發行量四比三，就表示選民支持藍綠的比例是四比三。

比較可能、也比較好玩的情況，是有些店家可能有意藉著旗幟鮮明，吸引特定顏色的消費者。支持泛藍的麵店，可能在牆壁上貼著告示：以藍色鈔票付款，打九折；支持泛綠的咖啡店，可能在價目表上標明：以綠色鈔票付款，加送點心一碟。當然，也會有商人兩面討好：以藍色的鈔票付款，打八折；以綠色的鈔票付款，比定價便宜二〇%！不過，因為鈔票的面額相同，而且有銀行體系作後盾，藍綠之間的轉換，可以隨時完成；因此，藉著價格折扣來吸引同好的空間，不會太大。事實上，面對藍綠兩種價格，聰明的消費者會自求多福——皮夾裡藍綠的鈔票都有，見機而作；用哪種鈔票的好處多，就用哪一種鈔票。

所以，發行藍綠鈔票之後，剛開始可能掀起熱潮；消費者和店家，都挖空心思，在鈔票的顏色上作文章。鈔票的顏色，等於隱含了另一種想像空間；或者能滿足自己的某種情懷，或者有人可以藉著巧思謀利。不過，過了一段時間，經過許多花絮和趣聞之後，大部分人可能慢慢體會到，鈔票就是鈔票，毋需大驚小怪、小題大作。

然而，藍綠鈔票的作用，也就在於發揮這種階段性的功能。藉著每個人觸手可及的一種媒介，讓原有的、或被政客們撩撥起的特殊情懷，能點點滴滴、滴水穿石般的宣洩掉。當然，即使經過鈔票貼心和貼身的撫慰，最後還是有藍綠兩大陣營；不過，這時候的兩大陣營，比較像是職棒冠軍賽時對壘叫陣的啦啦隊，而不再是彼此貼標籤、戴帽子、視為寇讎的敵我。

西諺云：鈔票會說話（money talks）；這是指鈔票有點像萬能鑰匙，可以開啟許多大門。發行藍綠顏色的鈔票，則是讓貨幣的功能更上層樓——鈔票能消氣降火、強心健肺。

經濟學，總是設法提昇效率；經濟學者，也總是希望能想出新點子，具體改善運用資源的效率！

四、續貂

重新發明輪子的故事，是經濟思想史上有趣的一頁。別的科學裡，很可能也有類似的情節。隨著網際網路快速的發展，加上以螞蟻雄兵、聚沙成塔方式累積的網上百科全書，我猜兩者之一早晚會出現：有人架設一網站，以「重新發明輪子」為主旨，吸引同好；或者，在某個網路百科全書裡，有「重新發明輪子」這一項，然後累積各個學科裡的掌故。

網際網路，對人際關係帶來很大的衝擊。過去的社區，是地理上的概念；網際網路上的社區，掙脫地理上的限制。在形式和內容上，這兩者顯然有很大的差別。藍綠陣營，是意識型態上的社區，似乎是介於兩者之間。政治上形成兩大陣營，一方面有助於發展兩黨政治；另一方面，當然也隱含兩極化、演變成敵我的對恃。發行藍綠鈔票的想法，也許本身就有調和歧異、共存共榮的功能。

The Diamond Sutra
Economic Analysis
perceive with non-perception
stand with non-standing

第九章 執真理之手？

一、一個人能戴幾頂帽子？

前一段時間，台灣媒體連續幾天報導「兩個女人的戰爭」——周玉蔻在她主持的節目裡，批評陳文茜，認為她不應該以立法委員的身分主持廣播和電視節目。一陣論對之後，周玉蔻離開原來所屬的電台，而電台老闆趙少康表示：立法委員主持節目，並沒有什麼不妥！

這段曲折，只是台灣媒體連續劇中的一集；熱鬧幾天，就被其他的劇情所取代。就像海上的浪花一樣，雖然耀眼，一閃即逝。不過，兩個女人的戰爭，其實和「專業化」有關；而對華人社會來說，這是步上現代化社會的必經之途。專業化的意義，值得細細斟酌……

最直接的問題，是民意代表可不可以主持電視或廣播節目。在歐美地區，民意代表就是民意代表；卸任或落選之後，很可能會向媒體發展、主持節目。但是，在擔任民意代表期間，主持節目的情形卻是絕無僅有。事實上，不只是主持節目，無論是律師、醫師、或公司董事、或其他職業，民意代表都不得兼任。原因很簡單，避免利益衝突。如果民意代表同時是律師，而委託人和政府單位打官司；民意代表可以透過質詢、審預算、或其他方式，對政府單位施壓力。這時候，律師和民意代表的角色，混淆不清；這種狀態對律師這個行業、對民意代表、對社會大眾而言，都不好。

如果民意代表不能當律師，當然也就不能當節目主持人。主持節目是一種職業，是由主持人的私利所驅動；民意代表反映民眾利益，是由選民的公意所節制。如果民意代表同時主持節目，到底是反映民意、還是在追求本身的私利？

可是，專業化和分工，畢竟只是近幾世紀的現象。在農業社會裡，一個人可能同時是農夫、泥水匠、車夫、小販；職業的劃分很粗糙，人人身兼數職，沒有人會計較。即使在現代社會，捉襟見肘時，也不得不「校長兼撞鐘」。因此，兼職和專業化的問題，未必像表面上那麼簡單。專業化的意義和曲折，顯然隱含一些更深刻的思維……

關於專業化和專業倫理，在社會科學裡有廣泛的討論。社會學裡常見的解釋之一，是「人」和「位置」（position）的區隔。工業革命之後，生產規模加大，市場的範圍不斷擴大；各式各樣的組織，也應運而生。在組織裡，逐漸發展出各種職位。而各個職位，有各自的職責；占據這個職位的人，要發揮應有的功能。因此，重要的是一個職位和對應的職責，而不是剛好據有這個職位的個人。譬如，這個星期到醫院去看病，可能碰上一位內科醫師；下個星期再去，可能是一位不同的內科醫師。可是，無論是哪一位，他們都受過適當的醫學訓練，有相關的證書和執照。現代社會裡，專業化的意義，就反映在一連串、大大小小的職位，以及這些職位所對應的職責。

另外一種觀點，是由人際網絡的角度著眼。在農業社會裡，因為流動性低，每個人都活在一張綿密的人際網絡上；所有的關係，都是一種「個人化」的關係（personal relationships）。在家裡，有父母兄弟姊妹；出了門，不是叔伯姨姑，就是他們的親戚子女；再不然，就是街坊鄰居、多年舊識。對於網絡上的每一個點，都有個別、特殊、不同的關係；一個人在舉止因應上，也就有微妙的差別。

現代社會裡，每個人還是生活在網絡裡；可是，這個網絡的結構，已經和過去大不相同。家人親戚，只占了其中一小部分；除此之外，還有生活裡的朋友、工作上的同事。更重要的，是在這些個人關係之外，還有許許多多「非個人」的關係（impersonal relationships）。便利商店裡的店員、郵局銀行裡的職員、餐廳和百貨公司裡的服務人員，都是不知名的陌生人。他們雖然不是朋友，卻是生活裡不可或缺的重要人物。專業化的意義，就反映在「人情」（personal）和「非人情」（impersonal）關係的消長上。農業社會裡，幾乎只有人情式的交往；現代工商業社會裡，人情式交往的比重大幅下降。支持現代社會運作的，主要是各種非人情式的交往。

和社會學裡的論對相比，經濟學者對專業化的解釋，要直截了當得多。一個簡單的例子，足以說明梗概。小時候扮家家酒、或是玩各種球類活動，總是有各種遊戲規則。參加的人，既是球員、又是裁判，由他們自己操作遊戲規則。原因很簡單，這些遊戲只是遊戲，請不起、也沒有必要找專業的裁判。專業的裁判，只有當勝負變得重要、得失夠大時，才會出現。也就是，只有當分工和專業化的好處大於成本時，才會出現專業化和分工。因此，家庭醫師處理一切疑難雜症，不分內科外科婦產科小兒科。大醫院裡，不只是分科，各科之下還有好幾位醫師，每個人專長不同。

另一方面，**專業化和分工之後，等於是每個人頭上只戴一頂帽子。只有一頂帽子，容易辨認；對自己、對別人，都好。如果頭上的帽子可以換上換下，即使自己可以宣稱、變換角色如反掌之易；可是，對於其他人，卻不容易區隔**。因此，每個人只戴一頂專業的帽子，降低大家的成本；在現代社會裡，成本低，大家均蒙其利。

無論是由社會學或經濟學的角度，都可以對專業化有合情合理的解釋。然而，更深刻的問題，是專業化不只是一個過程、一種現象，而且隱含價值判斷。符合專業倫理的舉止，得到讚美和掌聲；違反專業倫理的作法，受到譴責和排斥。可是，為什麼呢？在市場裡，不吸引消費者的產品，沒有人買；廠商不賺錢，自然被淘汰，但是並不會受到道德上的臧否。違反專業倫理，卻受到道德上的批評；為什麼呢？

抽象來看，專業倫理和市場活動，都隱含一個價值體系。在市場裡，能不能賺錢、能不能生存，本身就是衡量高下的尺度、就是賞罰的機制；這支量尺也許有點市儈，但是不帶情感，也沒有道德上的含義。相形之下，專業倫理，就是各行各業的遊戲規則；要維持遊戲規則，自然需要一種獎懲的機制。既然沒有貨幣上的得失可以依恃，只好訴諸於其他的機制；在道德上分出是非對錯、在行為上分出高下良窳，目的就是要發揮篩選獎懲的作用。因此，對於市場競爭，經濟學者可以宣稱是價值中立，不涉及好壞高下；可是，一旦涉及專業倫理，必然要牽動價值體系。也就是，專業倫理和價值中立，是兩個彼此衝突的概念。

無論是市場競爭或專業倫理，本質上都是一種遊戲規則；對於華人社會而言，最深沉重要的問題之一，是如何發展出「法治」的傳統。而法治，就是支持整個社會運作的遊戲規則。這麼看來，周玉蔻和陳文茜所引發的，當然就不只是兩個女人之間的戰爭而已！

二、民粹與SSCI

民粹與SSCI，似乎是不相干的兩件事。民粹，簡單的說，是以直接訴諸民意的方式，決定公共事務或其他價值；SSCI（Social Sciences Citation Index），是有關社會科學的一個資料庫。這兩者除了都在台灣引起波折之外，彼此似乎不著邊際。不過，透過民粹的現象和ＳＳＣＩ引發的爭議，或許可以萃取出一些有意義的訊息……

ＳＳＣＩ，是美國湯姆森公司（Thomson ISI）自一九五八年起推出的資料庫；在世界各地以英文出版的社會科學刊物裡，篩選出其中一千七百九十四種的期刊，然後收錄相關的索引資料。譬如，一九八〇年發表的某一篇論文，引用了哪些論文，可以查ＳＳＣＩ；這篇一九八〇年的論文，在一九九〇到二〇〇〇年間，又被哪些論文引用，也可以查ＳＳＣＩ。對於學術研究者而言，ＳＳＣＩ的索引資料很有幫助。

因為ＳＳＣＩ收錄的期刊經過篩選，所以ＳＳＣＩ的資料往往也成了學術評比的參考。譬如，要比較台大、北大、港大、新加坡國立大學在人文及社會科學方面的狀況，除了師生人數、藏書冊數、經費多少等等之外，每年發表的ＳＳＣＩ論文數，確實有一定的參考價值。如果把層次提高，比較台灣、大陸、香港、新加坡每年發表的ＳＳＣＩ論文數，也「大致上」能了解這些地區在社會科學方面的生產力。

不過，一旦把層次降到個別學者，ＳＳＣＩ的意義就要大打折扣。因為，凡是書籍和其他語文發表的論文，都不在ＳＳＣＩ收錄之列。更重要的是，ＳＳＣＩ只是很粗糙的指標；即使都是屬於ＳＳＣＩ的兩份期刊，在分量和影響力上，往往有很大的歧異。各個領域裡，排名第一的期刊，和排名第兩百的期刊，雖然都是ＳＳＣＩ，相去卻不可以道里計。因此，對個別學者的評量，必須用更精緻的量尺。也就是由同領域裡的學者，針對研究成果的內容，作專業判斷。事實上，在學術重鎮的學府裡，因為有充分的自信，所以關於學術表現良窳的評比，幾乎完全不依賴SSCI。譬如，在某一個頂尖學府裡，資深學者對一位年輕學者的評語是：「他發表的論文太多。」言下之意，非常清楚。

還有，SSCI收錄期刊時有很多條件，其中之一是期刊已連續出版五年。可是，在很多專業領域裡，新的期刊往往有品質很好的論文；而新的期刊，卻不一定會被收錄在SSCI裡。一個小史實，可以反映其中的曲折。眾所周知，諾貝爾獎得主寇斯，是因為發表了兩篇重要的論文而獲獎。第一篇論文發表在一九三七年，刊載在英國《經濟論叢》（*Economica*）的第四卷，是《論叢》編目發行的第四年；第二篇論文發表在一九六〇年，登在美國《法律經濟學學報》（*Journal of Law and Economics*）的第三卷，《學報》在一九五九年才出版了第一卷。因此，如果當時有SSCI，寇斯的兩篇論文都無法入榜。在台灣，往往要有SSCI的論文才能升等；所以，如果寇斯是在台灣，可能要當很久的助理教授。

民粹，是台灣近年來興起而瀰漫的一種風氣，對公共政策有明顯的影響。譬如，外資的設廠計畫，已經完成環境影響評估而得到許可；可是，民眾公投之後，竟然否決原議。還有，已經完成法定程序而開工的核能廠，因為民眾的反對而橫生枝節、反覆再三。率性、直接的民意，成了影響公共政策的主導力量。當然，在某種意義上，由民眾直接表達意見而影響決策，理直氣壯，並且符合民主的精神。不過，直接民意的好壞，顯然要從較廣泛的角度來評估；台灣十餘年來的「校園民主」運動，可以說是表現民粹的具體事例。

大學的重要功能之一，是知識的創造和累積；校園裡智識性的活動，已經不再是日常生活的柴米油鹽醬醋茶。評估高下的尺度，是依賴各個專業領域所累積出的價值體系；這種尺度和流行音樂或暢銷書的排行榜，有相通的地方，但是兩者之間的歧異更大。暢銷書和流行音樂，主要是以「數量」定出高下，一人一票，票票等值；相反的，智識的篩選和累積，主要是以「質量」分出良窳，票票不等值。

這種對比，反映了智識活動的特質。在專業領域裡，一個剛拿到博士學位的助理教授、和一位著作等身的資深教授，在討論和學術有關的議題時，講話的分量「應該」不一樣。在大學校園裡，「專業」和「民主」是兩個彼此衝突的概念，而且專業必須超越民主。寇斯的兩篇論文得到諾貝爾獎，不是經過世界各地的經濟學者投票產生，而是得到經濟學界頂尖菁英的認可和推崇。因此，在大學校園裡，以投票的方式選出各級學術主管，也許符合民主的精神，但是明顯的斲傷了智識活動的專業價值。在世界各國裡，似乎只有南韓和台灣，是以（直接）民主的方式，選出大學裡的學術主管。南韓和台灣，剛好有共同的特點：一方面在經濟上是新興勢力，另一方面在民主上也正處於萌芽起步的階段。

在這兩個社會裡，一旦從長期的威權體制解放出來，民眾渴望當家作主。因為對現有體制懷疑和排斥，自然希望能揚棄所有的束縛、跨越一切的體制；再加上沒有其他的體制可以依恃，只好訴諸於民意，由民意自己來直接論斷公共事務。因此，民粹的現象，其實反映了社會大眾心理上壓抑和蓄積已久的情懷。而校園民主，不過是這種情緒的具體表徵而已。

抽象來看，以SSCI作為學術指標，在性質上也很類似。就是因為過去沒有累積出足夠的學術人口、以及對應的專業價值體系，所以只好訴諸於一套簡單、明確、有某種客觀性的指標。在SSCI收錄的期刊裡，沒有高下之分，票票等值；這和校園民主以及直接民主，可以說異曲而同工。因此，在某種意義上，校園民主和對SSCI的重視，同時在台灣出現，並不令人意外。

當然，比較深刻的問題，是SSCI和民粹都只是階段性的特殊現象。在一個成熟的學術環境裡，SSCI的運用空間有其限度；因為，在成熟的學術環境裡，有其他更精緻的價值體系可以依恃。在一個成熟的民主社會裡，民粹的現象也只是鳳毛麟角；因為，在成熟的民主社會裡，有穩定健全、民眾信賴的典章制度正常運作。那麼，在過渡階段裡，如何培養精緻的價值，能先和目前比較粗糙率直的價值競爭，而後各擅勝場乃至於取而代之？還有，在這個發展的軌跡裡，如何加速蛻變的過程呢？這些問題，或許才是真正引人深思的關鍵所在。如果只停留目前的批評和指責裡，除了宣洩不滿的情緒之外，等於是原地踏步，並沒有往上提昇、往前進展。

長遠來看，民粹和SSCI，有點類似「創造性的毀滅」（creative destruction）。和過去相比，它們代表一種新的作法、新的理念；但是，和未來相比，它們倒有點像是生產的陣痛——經歷了這個苦楚的過程，才可以邁向更充實美好的未來。

三、執真理之手？

台灣大學，不僅是台灣最負盛名的大學（至少到目前為止），在亞洲地區名列前茅，世界排名也保持在前一百名之內。廿一世紀初，台灣大學要遴選新校長，當然備受矚目。在被推薦參選的八位裡，有一位是李嗣涔；電機系的教授，曾擔任過教務長。他最廣為人知的事跡，是長期研究超能力，譬如「手指識字」——有些小朋友的感官還沒有被污染矇蔽，可以藉手指觸摸，讀出放在密封袋子裡的文字。

李嗣涔的研究成果，已經刊載在國際學術期刊；然而，對很多人來說，他的研究是「怪力亂神」。一次聚會時，談到台大遴選校長，就有人表示意見。這是一位令人尊重的長者，學術地位崇高、曾領導過國際知名學府的傑出科學家。他言語含蓄、表達婉轉，不過率直一點的說，他的意見就是：一位倡議怪力亂神的科學家，擔任台大校長適合嗎？

我告訴他，李嗣涔曾經傳閱一枚錢幣，上面有一個明顯的小凹洞；這是他親眼目睹，一位特異功能人士，用念力「鑽」出來的。長者問我：鑽洞時你在場嗎？我搖搖頭，但是表示相信李嗣涔的學術和人格。長者不作聲，可是眼神裡的疑慮，並沒有完全抹去。

事後想想，我覺得很有趣。兩位都是受過嚴謹訓練、出色的科學家，可是對於某些「理論」，卻有迥然不同的看法。那麼，誰是誰非呢？或是兩位都對？都錯？理論的是非對錯，到底怎麼樣來判定？

在經濟學文獻裡，最著名的主張之一，是諾貝爾獎得主弗利德曼的立場。他認為，檢驗一個模型（理論）的好壞，毋需過於在乎假設是否真實。採用某些假設，只是為了便於理論推導。判斷理論高下的尺度，是理論的預測能力。能準確預測的理論，就是好的理論。用白話文來表示，就是「無論黑白，會抓老鼠的就是好貓！」

弗氏的立場，綱舉目張，引領一代風騷；然而，這種以「實用」為導向的見解，也引發一場又一場的論戰。另一位諾貝爾獎得主寇斯，就曾經撰文，點名批判弗氏的立場。他認為，為了簡化模型（理論），採取某些假設當然無可厚非。然而，判斷一個理論的好壞，通常不是預測能力的高低。原因很簡單，理論和現實之間，通常有一段距離，不一定容易作預測；還有，社會現象受諸多因素影響，提出某種理論的目的，往往是企圖解釋某種現象，而不是預測。

寇斯認為，重要的是理論本身的邏輯是不是完整、有說服力，是不是能為多數經濟學者所接受。而且，理論的重要功能之一，是「組織思維、幫助思維」（theory serves as a base for thinking）。也就是，判斷理論的好壞，重點在「解釋」，而不在於「預測」。顯然，對於理論的性質，兩位諾貝爾獎得主之間，就有不同的看法。那麼，孰是孰非呢？

理論的性質到底為何，經濟學者之間看法不同；不過，對於判斷理論的真偽，目前倒是眾議僉同。一個理論，如果和實際資料扞格牴觸，當然可以證明這個理論不成立。可是，如果這個理論得到實際資料的支持，卻並不表示這個理論是對的；得到支持，只是表示理論「沒被推翻、被否定」而已。利用其他資料，說不定就否定了這個理論。因此，永遠不能證明理論為真，最多是理論不被推翻。這是有名的「證偽論」（falsification test）——只能證明理論為偽，但永遠無法證明為真。

在邏輯上，「證偽論」非常嚴謹，而且很有啟發性。學術研究上，這點體會確實很重要——要常提醒自己，手裡並沒有真理；只能一直試著把巨石推上斜坡，而心裡知道永遠推不到坡頂。可是，對市井小民、社會大眾來說，證偽論的意義似乎很有限。一般人是過正常生活，而不是作學術研究；那麼，對普羅眾生而言，「理論」的意義到底如何?也許，由一樁小事上，可以一窺端倪。

上個世紀八十年代，張五常開始在香港《信報》寫專欄；最早的文章之一，是關於大海裡魚群這種「共同資產」（common resources）。「城邦出版集團」總裁詹宏志讀了之後，以「驚為天人」來形容。對詹宏志和一般讀者而言，張五常一系列的文章，令人眼界大開。對於過去習以為常的現象，有了一個新的角度來「認知」和「理解」。這是智識上的衝擊，也是一種心靈上很特別的享受。

仔細琢磨，張五常所介紹的，是經濟學裡的一個小理論；對詹宏志和眾多讀者而言，這個理論的好處不在於「預測」，而在於「理解」和「組織思維」。共有資源的概念，不僅適用於大海裡的魚群，也可以用來理解有關公園、博物館、公共海灘、地鐵、高速公路等種種；而且，抽象一點，還可以用來體會關於治安、民主代議、社會文化、風俗習慣等等。透過一個小理論，可以以簡御繁、一以貫之的解釋諸多社會現象，理論的好處多矣。

對絕大多數民眾而言，毋需利用這個小理論來預測。而且，即使碰上違反共有資源特性的情景，也可能不會由「證偽」的角度，否定這個小理論。因此，對社會大眾而言，理論的作用，是在面對環境時、有助於理解眼前出現的人事物。除非有更好用、更有解釋力的理論，否則會一直運用這個小理論——會抓老鼠的貓，就是好貓。不過，「抓老鼠」指的不是預測，而主要是解釋和組織思維。弗利德曼和寇斯的立場都對，只是對的程度有差別而已。

李嗣涔「手指識字」和超能力的理論、以及學界長者「怪力亂神」的質疑，誰是誰非呢？對絕大多數人而言（包括我在內），其實都無法判斷。然而，無論誰是誰非，「手指識字」和一般人隔得很遠；無論真假，都和日常生活、食衣住行無關。因此，大部分的人覺得無可無不可，而這也正反映了理論對一般人的意義——有助於面對環境的，接納利用；否則，無關緊要，暫時存疑。

李嗣涔會不會因為他的理論，而選不上台大校長？這不是理論，而是揣測；無論答案如何，對大多數人而言，可能都不特別重要！

四、績貂

芝加哥大學經濟系，舉世公認是經濟學界的翹楚；在這種環境裡，怎麼決定升等和去留呢？會不會是用SSCI論文數、或某種積分制呢？據了解，每一個時代，系上都有一兩位公認的翹楚；只要這一兩位翹楚點頭，就算數。這種作法看似人治，其實大有學問。

一方面，能在芝加哥大學經濟系任教，已經是業內的菁英；菁英裡的翹楚，又是金字塔的巔峰。他們的好惡，反映的是專業領域裡最受人尊重的判斷。另一方面，一旦判斷失誤，芝加哥之外還有哈佛、史丹佛等；只要當事人條件夠好，因為學術的層級夠厚、頂尖學府夠多，自然會有其他識貨的同儕。相形之下，在很多領域裡，台灣的學術人口還不算多，和國際接軌的情形不理想；操作學術判斷的尺度時，不容易得到穩定合理的結果。訴諸於冷硬的SSCI，希望只是短暫過渡時期的作法。

在專業上，一個人只戴一頂帽子；對自己、對別人，都好。對自己，容易表現；對別人，容易辨認臧否。要維持獎懲，也容易得多。然而，專業倫理的孕育，是一段漫長的過程；而且，專業倫理，往往是在專業競爭的過程裡，自然而然得到的副產品，而不是希望有就有、希望來就來的。

The Diamond Sutra
Economic Analysis
perceive with non-perception
stand with non-standing

第十章 請施主席優雅的酸掉

一、記黃有光大俠二三事

當經濟學涵蓋的層面愈來愈廣，經濟學者社會教育的責任似乎也愈來愈重。既然經濟分析可以探討生老病死、七情六欲等各種問題，經濟學者似乎也就應該可以指點各種迷津才是。

那麼，關於為人處世，經濟學者何以教一般社會大眾呢？對於這個問題，老實說，我不知道該怎麼回應。不過，也許由黃有光大俠的身上，可以找到一兩點蛛絲馬跡——當然，黃有光絕對不算是一個「典型的」經濟學者。

黃有光大俠的故事，自然要從他的頭銜開始說起。在華人經濟學界，現在已經有幾位公認的武林中人：行筆如飛的「飛俠」，是香港《信報》的發行人林行止；神出鬼沒的「頂俠」，是學貫中西的張五常；笑聲震天的「大俠」，是黃有光；還有，忝列「巨俠」的，不是別人，就是我。可是，關於這些稱號的由來，卻有點斷簡殘編、道聽途說、人云亦云的味道。必也正名乎，我可以很明確的說，這些稱號的始作俑者，就是我。

惺惺相惜

一九九七年左右，黃有光由澳洲莫納許大學（Monash University），到台灣大學經濟系客座一年。可是，我們的研究室是在不同的大樓裡，所以開始時並沒有交往。後來，因緣際會，我在研討會上報告論文，而他邊批評邊放聲大笑；在場的人，都忍俊不住——幾年以後，我到香港城市大學報告論文，他又在場，還是如此！

不打不相識之後，他送我一本他寫的武俠小說——《千古奇情記》。書中情節已經忘記，只記得香豔刺激大膽。我很驚訝，經濟學者竟然能寫出武俠小說；所以，就在他的信箱裡留個字條，尊稱他為「大俠」。

他顯然很喜歡這個稱號，而且禮尚往來，也開始喊我「巨俠」。我想，這是因為我身軀較大，而且和他一樣喜歡動筆桿。據他說，他想好「巨俠」這個名稱之後，就忍不住要到我的研究室來告訴我。走著走著，愈想愈有趣，就放聲大笑兩聲；旁邊剛好有一個女學生，當場被嚇了一跳。黃大俠看到女生驚愕的表情，按捺不住又大笑了兩聲。還好當時是光天化日，女生精神一緊，快步走開、頭也不回。大俠的功力，果然不同凡響。

實至名歸

後來，黃有光在一篇文章裡，提到大俠和巨俠這兩個名稱；而張五常在評論黃有光時，也援用「巨大二俠」的稱呼，並且認為二俠是「讀錯了劍譜、練壞了武功」。在回應裡，黃有光語帶調侃的封張五常為「頂俠」。而後，在好幾篇文章裡，都有人以「飛俠」稱呼林行止。林行止筆耕數十年不輟，成書七十餘冊，公認是香江第一健筆；飛俠的尊稱，當之無愧。

正名之後，接著是黃有光的風格。大俠離開台大，我們還一直透過電子郵件，保持聯絡。我也三不五時的把自己寫的經濟散文，寄給他。可是，有一次，我意外接到他的電子信；原來他從城市大學講座教授俞肇熊那裡，看到一篇我的短文，覺得大有問題。

我依稀記得，他的信大致如此：「巨俠，你平時文章寫得都不錯，可是這篇實在錯得離譜；連『機會成本』的概念都弄錯，到底是怎麼回事？」我找出文章一看，發現確實錯在自己；怪不得當時下筆時，覺得不太對勁。我立刻回信，承認錯誤，並且表示：「經濟學者之間，往往意見不同；可是，當他們向社會大眾傳教時，這些『業內』的差異，通常並不重要。不過，這一次不然，我們之間的差異很重要；我的文章刊出之後，歡迎大俠為文批評指正。」為了表示誠心認錯，我又寄上兩篇短文，請他過目。第二天，就接到他的回信：「這兩篇短文，已經恢復水準！」大俠直來直往的個性，表露無疑。

身體力行

黃大俠的行事作風，還可以從另外一件事上看出來。他曾經告訴我，投到學術期刊的稿件，都是經濟學者們的心血之作；而且，文章的生死，對作者的事業和心理，都有非常大的影響。因此，他絕不在晚上鬆弛休閒的時候審稿，而總是在精神最好的時候，為期刊看稿件。我知道，我自己不是如此；依我的了解，絕大多數的經濟學者，也不是如此。大俠堅持自己的理念，而且願意承擔這麼做的可觀成本；我覺得，他的作風很令人敬重。

最近，我又意外接到他的電子信：「巨俠，以後文章請少留空，段落之間毋需空行；節約用紙，就是節約能源。我每次要動手逐段調整，耗時太多。」看到他的短信，我很驚訝，足足在電腦前愣了好幾分鐘。文書處理時，在兩邊和段落之間留空，是為了美觀，也是為了便於閱讀；但是，我從來沒有想過，要節約紙張和節約能源的事。為了節省一點點的紙張，為了堅持自己的理念，這位舉世知名的經濟學者，竟然花時間逐段逐頁的自己動手調整──雖然他有點責怪我的意味，但是我卻對他更肅然起敬！

那麼，黃有光大俠的言行舉止，有哪些可以歸因於經濟學呢？我覺得，他對「理性論述」的服膺，勉強算是受到經濟分析的影響；其餘的作風，與其說是經濟學這個學科使然，不如說主要是他個人的價值取捨、以及意志上的堅持和身體力行。

因此，以黃有光的舉止為標竿，對於個人修身或為人處世，我懷疑經濟分析能有多少具體的幫助。也許，這個範疇，是經濟學者必須知所進退、自我節制的界限所在。當然，這是我的想法，武林界的各方高手，可能會有不同的論斷……

二、悼彭瑚將軍

彭將軍，在你過世快兩年時，我終於站在你的靈前，向你行禮獻花致祭。

今天早上離開台北時，我還提醒自己，要記得帶你的訃聞。在往高雄的飛機上，我又反復的看了兩三次；到澄清湖旁忠烈祠的路上，我腦海裡翻攪的，盡是當初我們相處的種種。

你是我教過的學生裡，第一位升將軍的優秀軍官。五六年前，你還是上校，和其他二三十位軍官，一起被甄選到國防管理學院受訓；管理學院安排你們到台大修兩門課，我擔任其中的一門、每週三小時的「公共政策專題」。

我還記得很清楚，第一次上課時發生的事。先是有同學問：可不可以為「公共政策」下個定義？我的回答是：很難作簡單的定義。我一說完，問的人臉上立刻浮現失望的表情，其他人似乎也不以為然——到學期末才有人告訴我，聽了我的回答，馬上覺得大概又要浪費一個學期的時間了。

然後，討論到「相對」和「絕對」的觀點時，記得嗎，坐在教室第一排的傅光華說：「有些事是絕對的，而不是相對的。」我要他舉個例子，他說：夫妻之間，對彼此的忠貞是絕對的。我立刻反問：你是指肉體上的忠貞，還是思想上的忠貞？他愣了好一陣，其他同學似乎也才開始覺得，這門課有點意思。

在快下課時，我記得你舉手發言：這門課的用意，似乎不是在強調結論或是非應該如何，而主要是對思維模式的訓練。這一番話，正是我的用意所在。當時我就很清楚，大夥兒推你當班長，不只是因為你年齡最大、官階最高，而顯然是你真的有領導群倫的條件。

隨著課程的進展，我知道，這門課已經成為你們很在乎、很花費心思、也非常津津樂道的一門課。我們每週三上午上課，聽說你們週二晚上就自動停止外出；利用晚自習的時間，先模擬第二天論對辯難的情境。

而你的思維，總是比別人更深刻一些。記得有一次討論我寫的一篇論文，你指出：這篇文章雖然用文字來敘述，可是整個推論過程，其實像數學演練一樣，一步扣緊一步。你是中正理工學院數學系畢業，這麼譬喻並不奇怪；但是，我知道，你總是能抓出問題的核心，然後一針見血。

由課堂的討論裡，我也慢慢知道你的工作：擔任位在高雄左營、海軍最重要的兵器工廠副廠長。其他軍官告訴我，台灣向法國買拉法葉艦，但是沒有武器，必需自行裝上相關的戰鬥設備。因此，你親自到法國造船廠，研擬交船後，如何安裝武器系統。法國方面的專家評估，如果在兩個月內能安裝好，就很不得了。可是，因為你事前準備充分，真正上場時，一個星期內就安裝完成，讓外籍專家一再稱奇。

學期結束時，你們在管理學院安排了謝師宴；你一再邀約，我並沒有表示不去。可是，因為我怕被灌酒，所以當晚有意缺席。第二天，台大推廣教育中心的王小姐，由校總區到法學院來，把你們前一晚準備送給我內人的好大一束花，親自交給我。據她說，我沒出現，同學們都怪你事前沒聯絡好；而你也很著急，一直試著和我聯絡。

彭將軍，那晚是我的不對，放了你的鴿子。我心裡一直有歉意，但是一直沒有適當的機會告訴你。等你們結訓三四年後，我和家人到高雄玩；中午在餐廳裡打電話給你，你和夫人很快的過來會面。這時候，你已經升了將軍，也接任海軍戰鬥系統工廠的廠長。我當面為爽約的事向你致歉，你不但沒有見責，反而鄭重邀請我到你的廠裡，為軍官們上幾個小時的課。當時，我快要到英國牛津大學休假一年，正準備全家動身的事。因為你誠意邀約，我決定在行前抽空前往，那是二〇〇〇年七月底。

當天，你率副廠長和主要幹部，在廠前以軍禮迎接；然後，再安排我到廠裡參觀，由各單位作簡報。一個文學校裡的經濟學者，在軍事單位受到這種禮遇，我有很深的感受。上完課，聚餐完，我們在你房間裡喝茶聊天。也許即將遠行、離情依依，我把隨身帶的菸斗和菸草袋，都送給你作紀念。你談了很多關於工作上的自我期許，我覺得你臉色有些蒼白，可是沒有多想；那是我們最後一次碰面。

到英國是八月底，十月中我接到助理的電子郵件，附件是掃瞄的一紙訃聞。因為是縮影，我看不清楚，接著又放長假；等到幾天之後我請助理再傳一次時，我才驚覺原來是你的訃聞，而且告別式已經過了。在訃聞裡，對你的生平描述得很清楚：你終年以廠為家，以廠長之尊，捲起袖子帶著大家做。在一次重要的演習後，你在回程的路上昏厥，就再也沒有清醒過來；十餘天後，因為心肌梗塞，病逝在台北三軍總醫院，享年五十歲。

彭將軍，我只教了你們一門課，而且我們是屬於不同的領域；因此，我們彼此敬重的成分，要大於熟稔熱絡的親暱。可是，我常常想到你。在英國那一年，每當我們參觀莊嚴典雅的教堂時，我總是會為你點上一支蠟燭，然後默默的為你祝福。

彭將軍，雖然你已經離開人世，可是我覺得你還活著；活在我的心裡，活在很多人的心裡。你的一生急促短暫，但是卻充實飽滿；你不談抽象的口號或理念，而是以本身的行止、立下一個極其可貴的典範。

彭將軍，在這個價值體系模糊多變的時代裡，就請以你的英靈，保祐你所摯愛的工廠、同僚和家人吧！

三、請施主席優雅的酸掉

施明德，在台灣一般民眾的心裡，占有非常特別的一種地位。他不像手中握有大權的政客，也不像在街頭衝鋒陷陣的草莽英雄，倒有點像是一位永遠長不大的彼得潘；似乎得到老天爺的特許，一直保有童心，可以去做許許多多的人想做、但又不敢做的事。

坐了二十五年的牢出獄後，施明德有一天穿著牛仔褲，坐在士林夜市的麵攤上吃

INK PUBLISHING

讀者服務卡

您買的書是：______________________________

生日：________年________月________日

學歷：□國中　□高中　□大專　□研究所（含以上）

職業：□軍　□公　□教育　□商　□農

□服務業　□自由業　□學生　□家管

□製造業　□銷售員　□資訊業　□大衆傳播

□醫藥業　□交通業　□貿易業　□其他____________

購買的日期：________年________月________日

購書地點：□書店　□書展　□書報攤　□郵購　□直銷　□贈閱　□其他

您從那裡得知本書：□書店　□報紙　□雜誌　□網路　□親友介紹

□DM傳單　□廣播　□電視　□其他

您對本書的評價：（請填代號 1.非常滿意 2.滿意 3.普通 4.不滿意 5.非常不滿意）

內容______　封面設計______　版面設計______

讀完本書後您覺得：

1.□非常喜歡　2.□喜歡　3.□普通　4.□不喜歡　5.□非常不喜歡

您對於本書建議：

感謝您的惠顧，為了提供更好的服務，請填妥各欄資料，將讀者服務卡直接寄回或傳真本社，我們將隨時提供最新的出版、活動等相關訊息。

讀者服務專線：（02）2228-1626　讀者傳真專線：（02）2228-1598

235-62
台北縣中和市中正路800號13樓之3

印刻出版有限公司　收

讀者服務部

姓名：__________　性別：□男　□女

郵遞區號：__________

地址：__________

電話：（日）__________（夜）__________

傳真：__________

e-mail：__________

INK

麵。沒多久，他回頭一看，發現身後不遠處竟然圍了一圈人，靜靜的看著他吃麵。他吃幾口麵，就回頭對群眾笑一笑；群眾也頷首而笑，他又回頭繼續吃麵。在台灣的政治人物裡，可能只有施明德才享有這種待遇。

在參選高雄市長時，為了凸顯中央與地方的權責關係、以及台灣重北輕南的傳統，他出人意料的提出「高雄共和國」的主張——如果高雄地區不能成為自由的港埠，乾脆就宣布獨立自治好了。這種比泛綠更綠的主張，乍聽之下似乎無稽；稍微深思，確實是有創意、有深意的政治主張。政治領袖，不只是處理柴米油鹽這些問題，而是要能提出美好的願景，激發選民的熱情和想像力。

當然，提出願景，在某種意義上就是畫餅；而畫餅，也免不了會有雲遊太空、不切實際之譏。有一次，華隆集團的掌門人翁大銘開車，我坐在他旁邊，主席和朋友坐後面。主席興之所至，出口成章似的揮灑了一長篇他的政治理念。講完之後，他有點洋洋得意，似乎準備接受群眾的歡呼。冷不防，翁大銘清脆明快的回了兩個字：「屁啦！」

他們年齡相仿，一起當立委、一起坐在議事堂最後一排吞雲吐霧、一起當老大，交情好到可以直來直往。我有點意外，不過笑著說：兩位老大應該隔一段時間，就見一次面，主席會比較務實一些。

施明德是以無黨籍的身分，參選高雄市長；雖然所到之處，民眾都很熱情。可是，政黨政治已經漸有雛形，民進黨和國民黨各推出自己的候選人。他競選的聲勢，一直沒有辦法拉抬上來。既然形勢比人強，所以主席認為已經宣揚理念，再堅持下去，就失去當初參選的意義。他希望，能在適當的時機和場合，宣布停止競選；用他的話來說，就是要想辦法「優雅的ㄙㄨㄢ（遄）掉」——優雅的溜之大吉！

有一天中午，幾位朋友在京華城的餐廳小聚，主席也在座。主人是中華徵信所的總經理張大為，還有《新新聞》社長王健壯、《法令月刊》發行人虞彪律師、和我。張大為事先準備了幾本書——中國大陸的暢銷書《潛規則》——送給每個人一本。他在題款簽名時，我們在旁邊七嘴八舌的議論，主席如何能優雅的「遄」掉。

然後，張大為把題好字的書送給主席，上面寫著「請施主席優雅的酸掉！」他的台語造詣，可見一斑；不過，我們莞爾之餘，也覺得他的神來之筆歪打正著——對一位政治人物而言，上台靠機會，下台靠智慧；當酒店關門時，就要優雅的離去——優雅的酸掉，不正是很傳神的寫照嗎？

二〇〇四年初台灣要舉行大選，可是主席決定避開是非；離開台灣，到美國遊學一年。在啟程前，我覺得他最好接受一家主要媒體的專訪。這篇訪問稿，有點像是臨別贈言；是他遠行前對斯土斯民的叮嚀，同時也是他在政治生涯劃下頓號、自己階段性的回顧和總結。而且，既然是在主要媒體刊出，中國大陸的相關部門一定會看到。所以，對他來說，也是一次向大陸領導階層喊話、傳遞台灣民眾心聲的機會。

沒兩天，一份主要媒體的幾位資深記者，就和主席約好在新生南路的「紫藤蘆」茶藝館碰面；我在校總區上完課，也趕到參加。他們已經談了一陣，不過多半偏重台灣政治現況、藍綠對峙的情形。我找到空隙，插嘴就問：「很多人覺得，參選高雄市長，對你而言規格太低；你應該參加的選舉，是選台灣的領導人。無論如何，如果你今天是台灣的領導者，你會先推動哪兩個政策？」

這個問題，他顯然曾在心裡琢磨過；他的回答，毫不含糊：「如果我是領導人，會先設法促進族群融合，消弭彼此之間的對立。其次，我會花心思，好好處理兩岸關係。」兩岸關係，正是他能宣示立場的主題。我馬上接著問：「如果因緣際會，你和胡錦濤或溫家寶碰面，你會告訴他們什麼？」這個問題，顯然他也想過，他一點都不遲疑：「我會告訴他們，唯強者能示弱；今天中國大陸已經是國際強權，有條件對台灣採取更緩和、更友善的態度。海峽兩邊的人，都是源自同一個文化傳承，為什麼不能像美國和加拿大一樣，而必須劍拔弩張？」

「在過去幾十年裡，你覺得在所做過的事裡，最自豪的一件事是什麼？」「我最自豪的，是我一直停留在思想的浪峰上，從來沒有退卻或鬆懈過。」；「一九八三年，你在禁食期間曾經表示：當你離開人間時，希望親友在你的墓碑上刻下『奉獻者！』這幾個字。可是，目前在台灣，有很多人都宣稱自己在奉獻、在為台灣找出路。你會不會希望墓碑上不再刻奉獻者，而是換成其他的字眼？」「這是個好問題，到美國後我會仔細想一想。」……

很可惜，也許是記者們尊重智慧財產權，我插嘴的問題，以及主席的回答，後來完全沒有出現在訪問稿裡。希望主席藉機向大陸領導人喊話的構想，也無疾而終。主席到美國之後，我們還保持聯絡；他會把寫下的所見所思，傳真給我。有時候，我也不由自主的想：主席這麼一位特殊的「台灣之子」，他的行誼舉止，到底意義為何？

抽象來看，政治人物（政客）其實就像企業家一樣；企業家推出產品，而且不斷的創新，希望能攫取消費者的胃口和荷包。政客也是一樣，他們藉著政見吸引選民，希望攫取他們的認同和選票。不過，企業家和政客之間，有一點微妙而重要的差別。企業家推出的產品，消費者看得到摸得著；政客所畫的餅，卻不見得要像牛奶麵包一樣。在這層意義上，政客比較像是宣揚福音的傳教士；他們所描繪的天堂，沒有人看過，可是只要信眾們心理上得到滿足，就會心甘情願的掏出荷包、向募款箱裡塞錢。

然而，在諸多政客裡，還是有層次上的差別。一般的政客，畫的是小餅；特殊的政客，畫的是大餅。幾十年來，施主席談的不是捷運、自來水、機場這些議題；他所描繪的願景，是反威權、爭民主、金馬撤軍、大和解、族群融合、兩岸互惠等。當然，小餅容易實現，大餅卻不見得容易成形。

施主席所畫兩岸關係的大餅，會不會因緣際會、隨著大環境的變遷，再次成為台灣政治的主流呢？老實說，誰也不知道。不過，可能大家都同意，他一路走來、始終優雅。當謝幕的那一刻來臨時，他會優雅的鞠躬、優雅的酸掉！

四、績貂

黃有光、彭瑚、和施明德，都是個性鮮明、生命力旺盛的人。每當我想到他們，總覺得對自己有不同的啟示：黃有光，是對學問的態度和身體力行的執著；彭瑚，是自我期許和對工作的投入；施明德，是政治理念的想像力和人格特質上的魅力。

二〇〇四年十二月二十四日下午，任職國防部的陳長海中校，耶誕夜由國防部大樓跳樓身亡。陳長海和彭瑚同班，長方形的臉，常帶著含蓄靦腆的微笑，認真而沉靜。聽他的同班同學描述，陳長海資歷完整，表現出色；當年預定有十六位中校晉升上校，而他積分排名第一。後來，因為軍隊裁編，要刪減一位名額。陳長海個性靜、不經營人際關係、也不會喧鬧惹事，所以就臨時被抽掉。

陳長海跳樓而死之後，長官同事幫他奔走，以「意外死亡」結案。意外死亡，家屬可以得到終身俸的撫卹；自殺，不但沒有終身俸，還要追究責任。家屬的心情，可能和陳長海生前同樣的憤懣、無奈、和無助。

The Diamond Sutra
Economic Analysis
perceive with non-perception
stand with non-standing

第十一章　象牙塔裡的象牙世界

一、水面下的冰山

密耳衮（Stanley Milgram），是美國著名的社會心理學者。三十多年前有一天，他和岳母聊天。岳母向他抱怨，說坐地鐵時，竟然沒有人讓座給她。他聽了不作聲，但是心裡想：如果岳母開口，又會是什麼景象？他這一轉念，就揭開了社會心理學上有趣的一頁。

上課時他提議，要研究生到地鐵裡去主動向別人要位子，看會發生什麼事。一對研究生自願，答應問二十位不同的乘客，然後回報。沒想到，學生只做了十四次，就做不下去了；原因是：要開口實在是太困難了。

他不相信，認為請別人讓座不過是小事一樁，有什麼了不得；他決定自己親自上場。沒想到，知易行難；一旦身歷其境，才知道不是那麼一回事。當他在地鐵車廂裡，面對坐著的乘客，他發現自己像結凍了一樣，就是開不了口。一試不成，再試還是不成；幾回之後，他不禁自責：連開口都不敢，自己到底是什麼樣的窩囊廢？

終於，他勉強擠出幾個字：「對不起，我可不可以坐你的位子？」別人起身讓座，他坐下之後，頭低得不能再低，整個臉漲紅發燙。事情過後，他靜下心來，知道讓座的事非同小可，雖小道必有可觀。他把學生分成幾組，每組兩個人，負責十四次實驗。他們要以不同的方式，請地鐵的乘客讓座。最簡單的，就是有禮貌的、向坐著的人說：「對不起，我可不可以坐你的位子？」

學生們紛紛表示異議，因為地鐵裡先到先坐、先占先贏，是天經地義的事；特別是在紐約、特別是在布朗區（Bronx），沒有人向別人要位子，除非你想被捅一刀。密耳袞好說歹說、曉以大義之後，學生勉強上陣。結果，和密耳袞自己的經驗一樣，學生們覺得要開口極其困難。有人覺得，胃裡翻攪，幾乎要嘔吐；有人開口時，臉色發白，好像要昏倒一樣。經年月累之下，「誰到誰坐」已經成了大家奉行不逾的模式；向別人開口要位子，說有多奇怪，就有多奇怪。然而，更奇怪的是，當學生開口之後，竟然有三分之二的人（六十八％）起身讓座或挪出空位！

不過，換一種方式，結果就不太一樣。當學生之一，先向另一位學生問：「對不起，如果我向別人要座位，你覺得怎麼樣？」被問的學生，一臉茫然，佯裝不知情。開口的學生，又說了一次，然後再轉頭向坐著的乘客開口；這種情況下，讓座起身的，降到一半以下（四十二％）。還有一種，開口的學生手裡拿著一本小說，然後說：「對不起，我可不可以坐你的位子？我站著不好看書。」這時候，起身的人更少（三十八％）。

密耳衰和學生，把實驗寫成論文，發表在學術期刊。這是三十年前的事了，三十年後，《紐約時報》的兩位記者，最近又重做當年的實驗。在紐約、在布朗區，先到先坐依然是規矩；不過，和當年的情況相近，問了十五位乘客，有十三位起身讓座（八十六%）。

可是，為什麼呢？既然先到先坐是你知我知他知的規矩；當有人違反遊戲規則時，為什麼還有這麼多人、縱容這些不識相的違規者呢？

分配地鐵裡的座位，其實有很多種方式。路途最遠的先坐，或是年齡最大的、社會地位最高的、身體狀況最不好的、最窮的、勞力負荷最大的先坐等等，都有可能。安排座位的方式，就像一道寬廣的光譜（spectrum），上面有無數的點，代表各種可能。然而，無論時空、無論中外，最後似乎都慢慢揚棄光譜上其他的點，而只集中在一點：先到先坐。最多，再輔以一兩個小規則：先到先坐，但是婦孺或年紀大的乘客出現時，起身讓坐。

這種分配方式最大的好處，就是簡單明確，操作起來容易。雖然沒有見諸於文字，可是大家心照不宣，而且認為理所當然。然而，既然是眾議僉同的遊戲規則，當有人違反時，為什麼會有六十八%的人容忍配合呢？顯然，表面上看來簡單不過、平凡無奇的社會規範，底下其實大有學問。

因為大家都接受「先到先坐」，所以大部分乘客的腦海裡，並沒有處理「有人要座位」的準備。可是，在生活裡，每一個人都有其他相似的經驗：陌生人借個火、借過、借手機，或問路。對於這些請求，一般人通常都會配合。因此，「幫別人的忙」，是多數人自許自持的小規則。

在地鐵裡，一旦面對突如其來的要求，原先坐著的人，援用的不是「先到先坐」的規則，而是「幫別人忙」的規則。可是，如果有一點喘息斟酌的空間，反應就可能不太一樣。因此，當要座位的人先開口預告、或表示自己要看書時，起身讓座的人就明顯的減少。不過，無論是哪一種情形，開口要座位是前所未有的經驗；因此，基於「幫別人忙」的規則，會有一些人起身讓座。有了這一次的經驗之後，下次再面對類似的請求，可能願意讓座的人會大幅減少；那時候，除了先到先坐的規則之外，已經有機會發展出對應的思維，處理「別人要座位」的情境。

最有趣的，是當開口要座位時，心理掙扎無依的情懷。只不過是開口要個座位，而且心裡還清清楚楚知道，只是個實驗而已；為什麼？

稍微琢磨或許就可以體會出，這其實是維持「先到先坐」的重要機制。對於經常坐地鐵的人，每個人既是這個規則的受益者，也是受害者。有座位時，自己是受益者。即使眼前站著的人，看起來可能更需要座位；但是，有了「先到先坐」這個規則的屏障，自己可以視而不見，繼續坐著，心理上也沒有罪惡感。相反的，當車廂裡坐滿了人，自己只好站著，這時候自己是受害者。即使身體再累，路途再遠，有個座位多好；但是，因為有「先到先坐」這個規則，所以根本不用開口，連腦海裡動念頭都不用。也就是，既然自己可能坐可能站，有時受益有時受害；長遠來看，維持這個規則，對自己對大家都好。所以，開口要座位，自己會覺得痛苦不堪；這種情緒結構，其實幫助維繫了「先到先坐」的規則。

然而，最引人深思、也令人心驚的，是**經過長期的演化，生活中已經形成許許多多小規矩；只在光譜上固定的點活動，大家習以為常，也不加思索。一旦被撞離這個點，往往就舉止失措，不知所從**。金光黨、郵電詐騙等等，是如此；文化大革命、乃至於希特勒和納粹的崛起，剛開始不也是如此嗎？

「禍兮，福之所倚；福兮，禍之所伏！」福禍之間的取捨到底如何，最好下次在地鐵裡找個好位子，不要讓座，好好的想一想……

二、象牙塔裡的象牙世界

象牙塔，通常意味著脫離現實、不食人間煙火、不知人間疾苦；肯定尊敬的成分少，調侃嘲諷的味道多。不過，在象牙塔裡研究象牙問題，會不會好一些呢？

二〇〇〇年，兩位經濟學者柯梅爾（M. Kremer）和莫爾孔（C. Morcom），在著名的《美國經濟論叢》（*American Economic Review*）發表論文；題目很簡單，就是兩個字「大象」（elephants）。他們以數學模型，探討政府該採取哪些策略，才能有效的保障大象這種保育類動物。

絕大部分的經濟學者，都是在大學校園或是研究機構裡任職；雖然這兩種環境都是象牙塔，不過長久以來，經濟學界一直就有反躬自省的傳統。經濟學者的論述，最好不要只是畫餅，最好能切合實際。除了三不五時的回顧檢討之外，一份網路期刊在二〇〇四年問世，名為《經濟論叢觀察》（*Econ Journal Watch*）；主旨就是針對專業經濟期刊裡的論述，臧否鍼砭——說這是一本專門找碴的期刊，大致上不錯。

在這個期刊的第一卷第一期裡，就有人對那篇關於大象的論文提出批評。狄阿勒西

（M. De Alessi），在洛杉磯的一個研究單位任職，負責天然資源政策的研究。他文章的題目，語帶嘲諷：「象牙塔裡對象牙買賣的斟酌」（An Ivory-Tower Take on th Ivory Trade）；他的質疑，主要有兩部分：理論、和實際。

狄阿勒西認為，原作者所提出的理論假設，在真實世界裡根本不成立。兩位作者假設：象牙買賣為合法、象群的棲息地有固定面積、象群們都在曠野裡自由移動、保育大象唯有依賴政府措施。狄阿勒西認定：這些全是象牙塔裡的想像。而且，根據原作者的模型，最後得到兩種政策建議。首先，政府可以明白宣示，只要象群數目低於某一指標，政府會不計成本的緝捕偷獵者；如果政府言而有信，就可以產生嚇阻效果。其次，政府本身可以屯積象牙，一旦象牙的價格開始揚升，政府就釋出存貨，壓低價格；價格低，偷獵大象以截取象牙無利可圖，就不會有人想獵殺大象。

然而，狄阿勒西指出，政治現實，使政府不容易信守承諾、言出必行；對於許多非洲國家而言，更是如此；另一方面，在聯合國支持下，已經有一百六十個國家達成協議，禁止國際間的象牙交易。何況，即使黑市猖獗，各國政府也不可能屯積象牙，藉著羅耀平穩市價。而且，兩位作者最大的問題，是根本沒能掌握問題的焦點。在非洲，過去一向是由政府主導，禁止獵殺大象；然而，法律長臂有時而窮，政府管制通常意味著貪污舞弊。因此，政府的各種措施，效果一向不彰。還好，有些非洲南部的國家（如辛巴威，Zimbabwe），已經把大象和棲息地劃歸給部落和社區。這種私有化（privatization）的作法，反而使當地人有誘因保育大象，以爭取觀光收入，結果成效非常顯著。

面對狄阿勒西嚴苛的批評（前後有八頁），作者之一柯梅爾的回應很短（兩頁半）。他強調，有些假設只是便於模型運算，無關宏旨。他們論文的重點所在，是過去的模型都假設，象牙的價格不會受到價格預期（price expectations）的影響；他們指出這個缺失，並且提出較嚴謹的理論模型。

針對柯梅爾的回應，狄阿勒西再度提筆上陣；他覺得，經濟學者不能在想像的世界裡打轉、自說自話。柯梅爾也再次簡短回應，表示自己的論著，是登在學術期刊裡的一篇文章，而不是一本書。如果是一本書，他會臚列所有關於保育大象的考慮；期刊的一篇文章，重要的是有學術上的增值（value-added）。

關於大象保育，批評者和原作者的立場，可以簡化成「具體政策」和「理論進展」這兩點；那麼，在公說公有理的情形之下，誰說的理比較有道理呢？如果向經濟學者發問卷，調查一下，相信大部分的學者會認為：在大象保育的實際作法上，批評者狄阿勒西的立場，確實比較有道理。政府屯積象牙、再釋出平準，是標準的「黑板經濟學」（blackboard economics），是作夢的材料，大概不會在真實世界裡出現！

但是，另一方面，相信大部分的經濟學者也會認為：在學術研究上，柯梅爾言之有物；文章發表在《論叢》，有以致之。也就是，批評者和原作者，說得都有道理，兩方面都對。針鋒相對的雙方都對，這似乎有點荒謬；其實，不然。

就大像保育的具體作法而言，柯梅爾的論點脫離現實，殆無疑問。不過，柯梅爾的論文，是經過《論叢》的主編、助理編輯、以及匿名評審的審核；能成為主編、助理編輯、和評審，都隱含著多年的學養、以及業內公認的地位。他們在判斷和取捨論文時，有許多考慮，但是其中最重要的一項，就是「和現有研究成果相比，這篇論文的貢獻，是否和《論叢》裡其他論文相當？」至於論文的觀點是否合於現實，只是眾多考慮因素之一而已。

因此，根據這種審查過程篩選出的文稿，完全符合「學術貢獻」的要求，但卻未必達到「政策建議有效」的標準。當然，接著而來的問題，是《美國經濟論叢》的責任；身居經濟學界引領風騷、執牛耳的地位，難道不該篩選出切合實際的論著嗎？仔細想想，也未必。學術活動的遊戲規則，是由參與的人逐漸雕塑而成。當學術人口少、期刊數目不多時，可能大家都關心實際問題，論述也非常具體。當學術人口增加、期刊數目變多之後——世界各地以英文出版、收錄在索引裡的經濟期刊，大概有四百種左右——自然慢慢形成區隔，各有所重；而且，因為重要討論的空間變大，也逐漸承擔了不辨菽麥的奢侈。

事實上，《經濟論叢觀察》的出現，正印證了這種發展趨勢——經濟學者這個專業，已經雄厚到足以支持一份期刊，專門挑毛病、找自己人的麻煩。透過這份期刊，經濟學者能更周全深入的檢驗各種經濟論述。至於其他期刊會不會從善如流、因此而調整篩選尺度，顯然還是由操作那個篩選流程的人——也就是經濟學者們自己來決定。

在象牙塔裡研究象牙問題，可能還是五穀不分；不過，存在著象牙塔本身，不就反映了已經沉澱和蓄積出某種可貴的價值嗎？

三、論贅文

贅詞，是多餘的詞；捨去之後，不會影響文義或論述。以此類推，贅文就是多餘的文章。對經濟學者來說，也就是不值得寫、寫了等於白寫、更不應該發表的論文。可是，這些都是模稜兩可的字眼，能不能更精確的界定「贅文」呢？

拉本特（D. Laband）和彤利森（R. Tollison）並沒有用贅文這兩個字，他們用的字眼，是「乾洞」（dry holes），而且定義非常明確：在期刊上發表的論文，五年之內，如果沒有被任何人引用，就是一個枯涸無水的乾洞。

他們探討學術上的乾涸，倒不是對乾涸本身有興趣，而是因為好奇和困惑。在廿一世紀初，經濟學者已經奉行「出版或消逝」（publish or perish）的鐵律——其他學科也大半如此。在研究機構裡任職的經濟學者，固然毋庸多言，他們的職責就是研究和發表。在大學校園裡任教的經濟學者，也面對同樣的考驗。持續發表論文，地位和待遇都往上提昇；沒有論作問世，當然就往下沉淪。

不過，當經濟學者都汲汲於發表（生產？）論文時，至少引發兩個問題：一方面，發表論文，原先的目的是累積知識，增添智慧的結晶；一旦變成加官晉爵的手段，會不會輕重顛倒，生產出一些可有可無的作品？另一方面，強調研究、鼓勵論文發表，會促使經濟學者投入可觀的心力時間；相形之下，對教學的付出自然受到影響。那麼，權衡得失，研究和教學的比重應該如何呢？

對於第二個問題，兩位作者並沒有直接處理；但是，針對第一個問題，他們收集資料，讓證據來說話。他們選定一九七四年出版的七十三種經濟期刊，以及一九九六年出版的九十一種經濟期刊。然後，追蹤五年之後，這些文章被引用的情形。一九七四年的七十三種期刊裡，共刊載了兩千零二十八篇論文；五年之後，有五百三十五篇論文（二十六・三八％）的引用次數為零。一九九六年的九十一種期刊裡，共發表了三千七百一十七篇論文；五年之後，有九百七十六篇論文（二十六・二六％）沒有得到任何青睞。

按理說，期刊數增加（由七十三變為九十一），表示不只發表的園地增加，被引用的機會也增加；乾涸的比例，應該下降才是。可是，不然。期刊增加、論文發表數增加、經濟學者投入更多的時間心力在研究上，然而卻沒有得到更多的回響。社會的高級人才（即使不算菁英）表現如此，不是很奇怪嗎？

不過，經濟學者的表現，最好能和其他學科裡的研究者（生產者）對照比較，才能有比較周全的圖像。兩位作者引述另一位學者的研究，比較十一種不同學科裡「乾涸」的比例。根據另外一套樣本和另一種尺度，不同的學科之間，乾涸的情形確實有很大的差異。物理學裡，五年內沒有被引用的論文比例為三十六％；藝術和人文科學裡，是九十八％；社會科學整體而言，是七十五％。此外，兩位作者也回顧，歷年來經濟學界本身的變化。資料顯示，對於研究和發表，經濟學者投入的時間心力確實愈來愈多，過程也愈來愈嚴謹。譬如，一九七四年時，一篇論文刊登之前，先在研討會或學術會議露面報告的次數，平均只有〇・二四次；到了一九九九年，在不同場合報告的次數，已經增加到四・七三次。還有，論文刊載時，作者通常會列舉幾個姓名，感謝同儕提供意見。在一九七四年，被感謝的人數，平均是四・三人；到一九九九年，已經變為九・六人。可見得，論文在期刊露面之前，已經得到更多的曝光，也經過了更多相關學者的臧否。

因此，和幾十年前相比，經濟學者不但付出更多的時間心力，而且以更嚴謹的方式撰述論著。然而，根據兩位作者的資料，由「乾涸」比例不變的情形來看，吃力似乎沒能討好，有苦勞而沒有功能。兩位作者認為，他們最重要的體會，就是「研究人員和社會整體，對學術研究所投入的大量資源，可以說都是浪費虛耗。這些時間和心力，原來都可以投注在教育上」。這是很深刻的見解，語重而心長。

不過，存在不一定合理，存在一定有原因。對於研究和發表，經濟學者（和其他學科的學者）之所以會投入更多的心力和時間，主要當然是升遷和待遇。而提供這些誘因的，又主要是大學之間的競爭。為了大學本身的排名，以及排名所隱含的聲望、研究補助、校友捐款、新生素質等等，大學之間的競爭愈來愈激烈。要爭排名，當然要訴諸於一些明確的指標。諾貝爾獎得主數、研究經費、期刊論文數等等，就自然而然的成了眾所矚目、大家戮力以赴的目標。因此，在這個環環相扣的生態裡，研究和發表只是一個環節而已。只要上層建築（大學爭排名）不變，下層活動（學者努力發表論文）就不會改弦更張；而乾涸源源不絕而出，也當然順理成章。

經濟學界（以及其他領域）裡的生態，想必不會因為這兩位經濟學者的論文，而產生太大的變化。不過，他們的論文，倒隱含許多啟示。首先，學術研究已經有千百年的歷史，而對於「乾涸」的研究，不過是近一二十年的事；這表示，學術研究的進展，是一個漫長的過程。對學術研究本身的研究，才剛起步不久。而且，乾涸的現象，只是烘托出學術研究的諸多面向之一；更廣泛的意義，顯然還需要很多後續的探討。

其次，即使認定「乾涸」不足取，要規畫對應的措施，希望減少這種現象，也並不容易。畢竟，作者撰述時、審稿人評估時、編輯決定時，只能根據當時的資訊作判斷；誰知道五年之後，哪些文章會成為霄漢，哪些又是泥塗？即使知道一二流刊物裡乾涸少，三四流刊物裡乾涸多，在評斷個別論文時，幫助也不大。

而且，即使乾涸的比例，逐年下降；大學對研究的重視，確實已經產生「排擠效果」（crowding out effect），教學的品質因而下降。事實上，許多學校已經採取因應措施。一種作法，是發展出「雙軌制」（two-track system）。有些人以研究為主，有些人以教學為主；人盡其才，各擅勝場。另一種作法，是加強教學評鑑；要升等加薪，除了研究表現之外，教學也要達到一定的水準。有趣的是，採取具體措施以改善教學的，多半是那些研究已經上軌道的名校；行有餘力，則以學文。

拉本特和彤利森的論文，發表在二○○三年；二○○四年夏天，已經被另一篇論文引用。而且，是其他學者引用，而不是他們自己。因此，他們至少可以鬆一口氣，自己的論文不是乾涸……。

四、續貂

一位經濟學的講座教授，在將退休時發表演講，回顧他的研究生涯、以及對經濟學的體會和反省。他把經濟學和物理放在一起，作了一番比較。在物理世界裡，兩個物體接近而碰撞，一定受到「物理定律」的支配。物理學家的責任，就是探討相關的物理定律。

經濟學者研究的對象，是人而不是物體；當兩個人接近而交往時，和兩個物體大不相同。兩個物體，本身沒有思維，也不會揣摩對方的思維，再作出因應。相形之下，兩個人，本身都有思維，也都知道對方有思維，也都知道對方知道自己有思維。行為互動上，當然會被彼此影響，互相因應。那位經濟學者表示，經濟學所探討的，要比物理學複雜得多。因此，經濟學的進展比不上物理學，有以致之。但是，他又話鋒一轉，認為經濟學者有一點小小的優勢；就是能設身處地，揣摩行為者的心思。這點特色和趣味，是物理學者所不能及的。

當經濟學者愈來愈多、經濟學的歷史愈來愈長，已逐漸發展「經濟學的經濟學」

（The Economics of Economics）——研究經濟學者本身的行為。物理學裡，也有一小群學者，研究物理的科學史。不過物理學者對本身行為的研究，可能要向經濟學汲取養分，而不能依賴物理學。

The Diamond Sutra
Economic Analysis
perceive with non-perception
stand with non-standing

第十二章 用水蛇通水管

一、本尊和分身之爭

幾年前，台灣出現了一位宋七力；他宣稱有神力，除了他自己是本尊之外，同時還有分身。因此，他人在台北，分身可能在北京外的長城上出現。本尊和分身所引發的紛爭，喧嚷了好一陣。其實，本尊和分身，除了宗教和科學上的考量之外，在法律和科技上也有很大的討論空間……

三四年前，內人小恙，進醫院動了個小手術，休養了幾天。出院之後，我檢附醫療證明和費用單據，向保險公司申請醫療補助。因為同時有兩張保單，所以一家用正本申請，另一家用影印本。

沒想到，收到影印本的保險公司，退回申請；並且表示，申請補助，只能用正本。如果用影本申請，只能得到較低的定額補助。我很意外，向保險公司表示：一向按規定繳保費，為什麼理賠時橫生枝節，保險打折扣。這不是一流收費、二流理賠嗎？公司表示，規定如此，不過會把我的意見，向上級反映。我心有不平，把過程寫成評論，在報紙發表。文章見報後，主管保險業務的高級官員打電話給我；我把原委再說明強調一番，希望下情上達之後，保險法規可以與時俱進。

這是三四年前發生的一小段插曲，最近常進出台灣，到海外參加學術活動。想到上有高堂父母、下有黃口小兒，免不了有點擔心；所以，和保險經紀人聯繫，請他評估一下我的安全網，到底厚薄大小如何。見面一談，聊起正本和影本的問題。我特別提到，事後我還打電話找朋友，他在地方法院公證處服務。我問他，申請保險理賠時，影印本能不能算數？他回答得很乾脆：影印本只要經過公證，就會蓋上「和正本無異」的戳記，視同正本。

又沒想到，眼前的保險經理表示：「視同正本」，並不等於是正本；公司目前的作法，還是只接受正本。顯然，我幾年前所發的不平之鳴，並沒有發生實質的效果。不過，再度面臨這個正本和影本、本尊和分身的問題，當初的不平之氣早已經消散；現在感受到的，反而是一股濃厚的好奇心。跳脫當事人權益攸關的心情，從旁觀者的角度來看：正本、影本、視同正本，這些概念之間，到底有什麼差別？抽象來看，這些問題和盜版、智慧財產權等等之間，是不是彼此相通？又會造成哪些實質上的影響呢？

要釐清這些問題，當然最好從簡單的情形著手。眼前，至少有兩個明確的參考點：一個，是正本就是正本，只此一家，別無分號；另一個，是影本和正本無分軒輊，兩者一樣好。在日常生活裡，只准正本的例子，最明顯的就是彩券。中了樂透，只能憑正本兌獎；即使經過公證蓋章、視同正本的影本，只能欣賞傳閱、留作紀念而已。不過，這只是正常情形；如果真的有人把影本公證，而後恰巧正本遺失，彩券又中了頭彩。在正本一直沒有出現的情況下，「和正本無異」的公證彩券是不是一定領不到錢，可能要好好打上一場官司。

另外一個極端，是影本和正本一樣，無從區分或不需要區分。課堂上用的講義，有的是從網路下載，有的是影印再影印；街頭發送的傳單，很多都是影印本。而且，在這些情況裡，正本和影印本沒有差別；或者，在這些情況下，其實也分不出正本和影本。在某種意義上，報紙雜誌、服飾食品，只要是量產、而不是限量編號發行，都是「影本」算數。一般人耳聞目見、衣食住行，大部分都是「複製品」，而不是原件或正本。

再進一步，區分這兩個參考點的方式，可以利用「時間」作為參考座標。在任何一個時點上，如果只容許一個存在，這就是本尊；在同一個時點上，如果容許好幾個同時並存，這就是分身。譬如，土地所有權狀，只有一張正本，證明對土地的權利；權狀的影印本經過公證、蓋上「視同正本」的戳記，無濟於事。可是，另一方面，畢業證書只要影本經過公證，就可以發揮和正本一樣的功能；因為，雖然這時候有好幾張影本同時存在，可是彼此並不衝突。畢業證書的影本，證明了畢業的事實；這件事實已經發生，在往後的時點上，容許不同的資料、同時證明這件事實。相形之下，擁有土地，是一種持續進行的狀態；只有正本，才足以證明這個事實是否成立。

當然，利用時間點上的單一與否來區分尊和分身，確實有助於釐清問題。不過，如果進一步追問：哪些事項，容許在同一個時點上有許多分身？哪些事項，又只能有一個本尊呢？仔細想想，關鍵所在，似乎不是在於本尊或分身的本身，而是在於環境；根據環境裡的條件，社會的典章制度或風俗習慣，願意支持哪一種狀態。

具體而言，在特定的時點上，最簡單的情形，是只有一位本尊；土地所有權狀、身分證、貓王、瑪麗蓮夢露、比爾蓋茨等等，原先都是只此一家。一切的價值，都寄居在這個本尊上。可是，如果分身出現之後，不但沒有減損本尊的身價，反而有所增益；這時候，無論是風俗習慣以及法令規定，都會容許、甚至鼓勵分身。麥當勞和肯德基等連鎖店，是最好的例子。即使貓王在世時，也已經有人以摹仿貓王行走江湖；而分身的存在，往往還添增了本尊的身價。然而，在同一個時點上，如果分身的出現，會減損、混淆、乃至於斲喪了本尊的價值；當然就寧可只有本尊，而沒有分身了。因為，如果同時有兩張土地所有權狀，只會造成混淆；如果同時有兩張梵谷的向日葵，只會讓這幅名畫身價大貶。因此，利用時間座標和價值的增減，似乎可以稍稍掌握問題的關鍵。

由這個角度看，保險公司要求「正本」的作法，顯然頗有可議之處。因為，證明醫療費用，只是反映了事實；多幾張證明，只是便於掌握這個資訊而已。而且，保險理賠時要求「正本」，那麼同時買了幾張保單的人，就可以以正本依次向各家申請理賠。向第一家申請時，用正本；完成手續後，拿回正本、留下影印本——保險公司要求以正本辦理，並不表示保險公司有權利留下正本。在第一家公司完成理賠後，再依次向其他公司申請理賠。

由此也可見，目前保險公司的條款，其實已經超越了保險的基本精神。保險的原義，是在意外發生時，能好好的善後。一旦有意外或病痛，表示意外已經發生；投保人只要以適當的方式（診斷和醫療支出的證明），就應該得到契約中所議定的保障。理賠時，要求「正本」，是保險公司擴充對保險的解釋；有利於承保的那一方，而不利於投保的這一方。如果保險公司擔心有人重複投保，而後詐領保險金（金手指、金腳趾），應該「先」在契約中要求投保人敘明投保情形，而不是事後以「正本」取巧設限。

這麼看來，本尊和分身的區分，只是問題的表相；追根究柢，關鍵還是在於價值寄居的所在。一旦牽涉到價值現身藏身的問題，那可就是另外一個很大很大的故事了！

二、用水蛇通水管

「用長頸鹿來採椰子，用水蛇來通水管」，這是詹宏志一連串故事裡的一小段；但是，一葉知秋，他說的故事很好聽，而且引人深思。

詹宏志大學時讀的是經濟，畢業後開始多采多姿的事業；和很多企業家一樣，他也經歷過事業的起伏。而且，有些起伏是動見觀瞻，舉世矚目。不久前，他首創網路報紙《明日報》，以網路新聞的方式，提供廿四小時、類似CNN的資訊服務。因為相關條件還不成熟，最後以「未來再相會」的方式暫時終止；但是，因為理念顛覆傳統，而且見諸於行動，所以引起世界各地媒體的注意。

詹宏志做過很多事：報紙編輯、出版社企畫、唱片公司總監、電影製片、雜誌發行人、集團總裁。他領導的「城邦集團」（Cite Group），發行四十二種雜誌，包括《*PC Home*》、《*Smart*》系列；還有十二家出版社，分別出版不同主題的書籍。

雖然他跨越了許多領域，擔任過不同的職務；不過，如果要勾勒出他的特質，我認為有兩點值得強調。一方面，他是一位富於創意的企業家。富於創意，是指他經常見人所未見；企業家，是指他勇於嘗試，承擔風險。另一方面，他也是一位理念的播種和推廣者，透過文字和演講等方式，他一直試著把所見所思傳遞給一般社會大眾。在華人世界裡，同時具有這兩種特質，而且在兩方面都卓然有成的人，詹宏志是屈指可數的人士之一。

我因緣際會，認識詹宏志。根據他的說法，他是家兄的高中同學；所以，無論我的作為如何，都無法改變他是我前輩的這項事實！雖然我和這位老前輩接觸的機會不多，可是每次相聚都很有收穫；而且，事後總覺得該尊重智慧財產權，付給他幾萬塊新台幣才是！

最近一次碰面，是他應邀到香港城市大學演講，而我剛好也在城大客座；在幾個場合裡，我又聽了許多有趣的故事。由這些故事裡，也反映了他的人格特質……

其中之一，是他意外成為電影製片的經過。侯孝賢，現在已經是國際知名的導演。剛出道時，他拍了幾部藝術電影，都叫好不叫座；看過的人都說好，但是看過的人並不多。少數道義相助、提供資金的親朋好友，都有為別人兩肋插刀、成為以鄰為壑的切膚之痛。侯孝賢自己的景況，當然也很窘迫。事情的轉機，是侯孝賢所拍的一部片子，參加歐洲的影展時得獎。有幾家歐美的片商，對影片有興趣，並且表示願意付一兩萬英磅，買下放映權。雖然陸續有這些收入，可是片子還是賠錢，投資人還是很鬱卒。

詹宏志知道來龍去脈之後，想了一陣子，然後擬出一套計畫：在歐美國家裡，都有一些專放藝術電影的戲院；因為是小眾文化，所以由每一個國家，每部電影大概只能得到一兩萬英磅的版權收入。可是，如果在拍片之前，就先和這些片商一一聯繫，先簽下授權契約。那麼，算下來，大約總共可以得到兩百萬美金；而在台灣製片，大概只要一百萬美金左右。所以，只要換種想法、換個操作方式，不但不會賠錢，而且穩賺不賠；在影片開拍時，就已經知道收入超過成本。

對於詹宏志的想法，電影界的人士都期期以為不可；一年多後，他終於說服主要的出資者，然後就是一連串膾炙人口、叫好又叫座的電影——《悲情城市》（1989）、《牯嶺街少年殺人事件》（1991）等等。現在，詹宏志所發展出來的作法，已經成為電影圈主要的運作模式之一。他的一念之間，改變了一個產業的遊戲規則。

第二個例子，也有異曲同工之妙。台灣的雜誌市場，淘汰率很高；因此，大家都知道：「如果你想害一個人，就勸他去辦雜誌。」大概很多人想害詹宏志，所以在他的規畫之下，推出了一系列的雜誌。可是，市場競爭激烈，許多雜誌都是苟延殘喘、一閃即逝。發行量一萬份，會賠錢；如果是五萬份，保證賺錢。因此，他所面對的問題，就是找出什麼辦法，能從一萬份變成五萬份？

在腦力激盪時，詹宏志福至心靈：由一萬份變成五萬份，確實很困難；可是，由十萬份變成五萬份，非常容易。那麼，為什麼不換個發展的軌跡呢？這一念之間，又讓他發展出一套新的行銷策略。在推出關於個人理財的《Smart》月刊時，他在媒體上造勢，提供各種優惠促銷方案；而且，一本厚幾百頁、印刷精美、內容豐富、還有贈品的雜誌，只賣新台幣九十九元。結果，創刊號創下台灣雜誌史的紀錄；一本月刊，一刷再刷，前後賣了十幾萬份。在某種意義上，他顛覆了「由奢入儉難，由儉入奢易」的傳統智慧！

有趣的是，多年來詹宏志身體力行的創意作風，在廿一世紀初，似乎正慢慢成為經濟活動的主流之一。因為製造業持續的移往勞力低廉的地區，而在放棄傳統製造業的地區，釋放出大量過剩的就業人口。這些人受過好的教育，但是又未必適合高科技產業；最好的發展方向，似乎就是投入「創意產業」（creativity industry），以提供個人化、特殊化、服務性的產品為主。因此，詹宏志多年來的經驗，剛好能發揮社會教育的功能；對個人、對公司、乃至於對社會國家，他的許多想法作法都有指引迷津、點石成金的作用。

在城大演講時，他提到許多激發創意的例子，其中之一就是要小朋友想一想：牛馬狗等都役於人，有沒有其他的動物，可以成為人類的幫手？小朋友想出的答案，就包括「讓長頸鹿採椰子，用水蛇通水管」！

詹宏志年富力強，雖然已經是德高望重的老前輩，可是還不到知天命；以他的所作所為，對於華人社會可望有深遠的影響。他未來的走向，也令人有無比的好奇和期待！

三、多少柔情多少淚

前一段時間有位報社藝文版的記者來訪問，談我用散文來闡釋經濟學的意義。快結束時，剛好內人上完課到研究室來找我，我就介紹她們認識；並且提到內人在文學院任教，專攻文學戲劇。

記者小組把話題一轉，問內人：由她的觀點，怎麼看我的「知性散文」。內人順口答道，經濟學好像一直在試著歸納出人類行為的共同性；可是，文學裡所強調的，卻總是每個人的特殊性。

這段話後來也在訪問稿裡出現，我把剪報收入檔案；最近在思索感情問題時，又回想起這一段話……

就傳統的經濟學而言，主要是探討商品勞務之間的買賣；由各種形式和類別的交易裡，經濟學者得出一點很平實但也很深刻的體會：交易次數愈頻繁、競爭愈激烈時，資源的運用也就愈有效率。因為每次發生交易時，都是把資源轉手到價值較高的使用途徑上。譬如，當一個人花五十塊錢買瓶牛奶時，這個人由牛奶中得到的價值（快樂）一定超過五十元——要不然何必要花錢買。

交易次數愈頻繁，表示資源運用的效率不斷的被提昇；而且，競爭愈激烈，愈能淘汰過濾掉不效率的資源運用方式。股票市場是競爭最激烈的地方，投資者的錢會自然而然的流向（他們認為）最能有效運用資源——也就是最能賺錢——的公司。

交易次數愈頻繁，競爭愈激烈，資源的使用愈有效率。事實上，是不得不有效率；如果經常犯錯，早就被淘汰過濾掉了。這種現象當然有很重要的啟示：當一個人經常做同一件事，而且環境裡競爭又很激烈，他就不容易（不被容許）經常犯錯。相反的，當一個人偶爾做一件事，環境裡篩選過濾的功能又不特別發達時，就比較容易犯下錯誤。因此，因為經常買日用雜物，所以通常不會買錯，也就不會後悔；因為偶爾才買昂貴的衣物飾品，所以往往精挑細選之後，還是常常懊惱。

由這種角度來思索男女之間的情感問題，事實上有相當的啟示……

在古早的傳統農業社會裡，男女之間幾乎沒有婚前交往的可能。憑媒妁之言而有婚姻關係，夫妻之間的情感是在婚後才慢慢培養的。以這種方式形成的婚姻，真正是天作之合的相信很少。這事實上也反映出：在傳統的社會裡，需要嚴格的道德規範（三從四德、嫁鴨隨鴨）和倫常觀念，才能維繫一試而訂終身的脆弱關係。

現代社會裡，男女之間交往的機會當然要比以前多。不過，對很多人而言，男女之情還是在「一見鍾情」之下滋生、發展、而後緣定終身。可是，一見鍾情所隱含的，當然和「交易次數頻繁、競爭激烈」所描述的格格不入。在缺乏傳統道德倫常的支撐之下，現代社會自然而然的出現諸多怨偶、分居、仳離的現象。

對於一（小）部分不是一見鍾情的人而言，或者是在三挑四揀之後、或者是在愛情長跑之後才結合；因為有較長的時間摸索、嘗試，所以犯錯誤的機會比較少，白首偕老的可能性自然比較大。不過，另一方面，對於那些在男女之間打滾慣了的人而言，因為總是有潛在的對象（競爭較激烈），所以不一定會珍惜婚姻關係。這當然就引發出另外一個更深刻的問題：如果交易次數多，經驗豐富，所以不怕犯錯，可以再參與競爭；那麼，這是不是隱含著：在現代社會裡，男女關係、夫妻之情、乃至於婚姻制度，都可以（而且應該）不同於往昔？

經濟學裡「交易次數頻繁、競爭激烈、則資源運用的效率較高」的解釋，真的是無遠弗屆嗎？這是一個通則，或者是有時而窮，因為不能反映每個人的特殊性？……

從畢業到現在，我一直待在同一個環境工作；和環境裡的人長期相處之後，多少有一些感觸。剛開始，我對其中幾位的印象非常好，認為他們有濃厚的正義感，對追求社會公平合理不遺餘力。時間一久，我卻慢慢察覺到，他們的公平正義往往扭曲偏狹；在冠冕堂皇的正義感之下，其實相當程度是個人利害的考慮。

可是，這是因為我和這些人長期生活工作在一起，對彼此的品行作為有鉅細靡遺的資料；對於環境之外的人來說，這些人還是正義的化身、進步的動力！

自己覺得「認清楚」之後，剛開始不太能釋懷：為什麼其他人這麼天真？為什麼這些人行止的真相不能廣為大家所周知？時間一久，也許是因為麻木了，倒想得比較清楚：我自認為能了解這些人的底細，是因為和他們接觸多，掌握的資料豐富詳實；外人事不關己，看到的只多是浮光掠影，在看法上當然有一段落差。

抽象的想，這其實反映了一個很普遍的現象：一個人對於某一件事物的認知、觀感、評價，往往受到他擁有資訊多少的影響。而且，在認知、觀感、評價時，所用的參考架構也經常會因為自己所處的情況，而有「見樹不見林」或是「見林不見樹」的缺憾。

由這角度看，大概可以在相當的程度上解釋：為什麼有些夫妻之間會衝突磨擦、甚至於分手仳離？……

在所有的人際關係裡，夫妻之間的交往可以說是最親密的了；親密指的是一起從事生活裡的食衣住行，一起經歷生命的喜怒哀樂。在緊密的交往裡，當然會慢慢摸清楚彼此的性格，知道對方大大小小的優缺點。

經年累月的相處之後，雖然會培養出相當的默契；可是，夫妻畢竟是兩個人，而兩個人的好惡喜怒總有不同。因此，夫妻之間能一直水乳交融、濃情蜜意可以說是少之又少。長期共同生活的經驗裡，總不可避免的會有磨擦、勃谿；在衝突最尖銳的時刻，口出惡言之外，甚至會不約而同的興起「何苦來哉、不如分手」的念頭。

當這種情形出現時，大部分的人只是一時講氣話，說過就算了。可是，也有一小部分的人會上樹上到頂，真的離婚捲鋪蓋走路。對於一部分人（重修舊好裡的某些夫妻）而言，離婚可能真的是比較好的選擇。不過，在氣頭上作決定的意義，確實值得靜下心來稍作斟酌……

氣頭上一刀兩斷的決定有可議之處，倒不在於選擇了兩個人分手的這個方向，而是「離婚」和「結婚」隱含的是兩個差距很遠的狀態，中間包含著一段很不連續的斷層：在婚姻關係裡，夫妻兩人在生活上、精神上會彼此支援、互相扶持；「你泥中有我、我泥中有你」意味的，是一個人事實上已經延伸到另外一個人的身上。和兩個人分手之後要各自單獨面對生活和生命，當然是天壤之別。因此，由「結婚」決定立刻要「離婚」，等於是由一個極端直接跳到另一個極端。

比較周到的作法，或許是彼此同意分手這個大方向；但是，彼此也同意，一步步的經歷由「結婚」到「離婚」這兩個極端之間其他的狀態：先由分房而居開始，然後是財務獨立；如果有孩子的話，再來是安排子女的養育責任，最後是分手。不論先後次序如何，漸進的調整方式能讓兩個人仔細去感受，婚姻關係的每一面向所蘊含的意義。就像和同事長期相處的觀感會和一般外人的看法不同，處在婚姻關係裡的人和不處在婚姻關係裡的人，對於「沒有婚姻關係」的判斷也會很不一樣。因此，由「有」到「沒有」漸行漸遠的作法，反而比較能琢磨出兩個人對婚姻真正的想法，比較能作出無悔無怨的取捨！

如果由婚姻關係「往外慢慢走」比較好，那麼相對的，向婚姻關係「往裡慢慢走」是不是也比較好呢？……

四、究天人之際？

《法律的經濟分析》（*Economic Analysis of Law*），是法學大師蒲士納法官（Judge Richard Posner）的經典名著；在第一章裡，有這麼一段敘述：「如果某種資源只有『一種』用途，那麼這種資源的成本為零。」第一章的內容，主要是介紹經濟分析的重要概念；而這一段話，是他談到「成本」時的神來之筆。

在這個斬釘截鐵的句子之後，蒲氏用括號加了一問：你能想出原因是什麼嗎？

由成本的角度著眼，「機會成本」的觀念已經漸漸為一般人所知：晚上有兩個小時的空閒，可以看本小說，也可以和朋友擺龍門陣；兩種用法，都各有情趣，可是魚與熊掌，只能選其中之一。選了小說，被捨棄的就是擺龍門陣的機會。因此，看小說的機會成本，就是擺龍門陣；反之，相同。

由此可見，一種資源（時間、心力、物資等），通常有許多可能的用途；每種用途的價值不一，每個人的好惡又不相同，所以才會有各得其所的取捨。可是，如果某種資源只有一種用途，表示在所有其他的用途上，都沒有任何價值。既然放棄的機會價值為零，放在這種用途上的機會成本也就為零。

在現實社會裡，要找到「單一用途」的資源，還真不容易——母愛所以偉大，是因為明明可以把心力時間花在自己的身上，而卻選擇了全部投注在子女的身上！

我曾想過一個譬喻，和蒲氏的例子有異曲有工之妙：佛教重要典籍《金剛經》裡，兩大核心觀念之一是「離相無住」。人所以有情緒起伏、心境變化，是因為耳聞目見，感受到外在不同的現象——不同的「相」；因此，如果能有意識的撫平這些不同的相，在心境上就如同水波不興的水面。換種說法，離相無住，可以說是設法在意識和心情上

「歸零」！

我想到的例子，就是自助餐檯上的各式餐點；如果一個人能說服自己，餐檯上的各式餐點都是「一樣的」，那麼他選不選都無所謂。在這種情形下，經濟學所強調的「選擇」，顯然失去意義。不過，如果各種餐點都是「一樣的」，因此毋需選擇；那麼，是不是也表示既然沒有選擇的問題，「成本」的概念也消失不見了呢？這種考慮，確實有趣；在這個看似抽象、其實明確具體的問題上，也許正好可以釐清成本這個概念的微妙和曲折。

當餐檯上的各式餐點都是「一樣」時，在眾多的餐點之間，選「哪一種」變得無關緊要。可是，選擇的問題依然存在。這時候，要選一盤或是兩盤或是更多呢？或者，一盤都不選，因為「吃」與「不吃」之間也沒有差別！

可是，吃與不吃，事實上已經是另外一個層次的選擇；選擇了「吃」，放棄的機會就是「不吃」；也就是，「吃」的機會成本是「不吃」。反之，相同。而且，如果「吃」和「不吃」也沒有差別，這就等於是在眾多的餐盤裡，有一個盤子裡放了一張「不吃」的牌子。進一步延伸，如果吃與不吃沒有差別，生與死呢？如果在某一個餐盤裡，放著一張「往生」的牌子；並且，如果這時候，對自己而言，所有的餐點——包括「往生」——都還是一樣的；那麼，吃與不吃無異，生與死雷同。

在這種境界上，萬物之間的差別已經被齊一，生死之間的區分已經被弭平。修為到了這種境界，物我兩忘、寵辱不驚、死生無異。難怪當釋迦牟尼將圓寂、弟子最後一次向他請益佛法的真諦時，佛陀只慢慢的舉起一朵蓮花，向弟子不作聲的微微一笑。不過，這可能還是後世弟子的想像；因為參透死生，佛陀當初對於這個最高層次問題的反應，很可能是視而不見、聽而不聞、如如不動！

但是，萬物歸零、跨越死生，是不是就表示「沒有成本」呢?不然。**死的機會成本是生，生的機會成本是死；死和生無異，是表示兩種狀態的機會成本相同，兩者一致；選哪一種，都好，或都不好。可是，這並不表示是「沒有成本」，只不過是一種很特殊、很奇怪、很難捕捉、很難界定的成本罷了。**

這麼看來，蒲氏「單一用途」資源的例子，襯托出有多種用途資源的意義；而自助餐檯的例子，推演到極致，則反映了價值最初的發軔處。

想一想，如果「成本」的概念只能用來解釋一種現象，價值當然有限；可是，如果成本的概念和其他的概念無分軒輊，我們可能就需要發展出其他不同的概念。顯然，要探究成本的精微，需要承擔不少心智上的成本！……

五、續貂

「相，由心生」，確實如此；換一種說法，就是價值最後是主觀認定的。客觀的價值，是指主觀價值重疊的部分，而不是超越眾人之外、獨立存在的。因此，即使是眾議僉同的信念（譬如，民主比獨裁好），最終的基礎還是主觀的認知。根據主觀價值所發展出的典章制度，決定了價值的結構，因而進一步影響人的作為。影印本的法律效力如何，只是例子之一而已。

詹宏志的作為，反映了濃厚的「企業家精神」（entrepreneurial spirit）：同樣的材料，由他重新組合，就呈現不同的面貌；面貌不同，市場上所得到掌聲（鈔票），可能就不大相同矣。還有，每一個人，通常都同時具有許多身分（子女、同事、朋友、師生、鄰居等等），也遵循許多日積月累的習慣；以詹宏志為師，試著重新組合，也許每一個人都可以炒出一盤有新意、叫好又叫座的佳餚！

The Diamond Sutra
Economic Analysis
perceive with non-perception
stand with non-standing

第十三章 向法治社會邁進

一、此圖非彼圖

這個事件最後怎麼落幕，現在還不清楚；不過，上半場的主要情節，已經大致明朗。

一群人餐後到KTV去唱歌，一個年輕人稍後加入。年輕人經營一個小餐飲店，生活單純。可是，長相俊秀的年輕人，吸引了賓客裡的一位「雙性戀者」。他在酒酣耳熱之際，對年輕人再三示好；他炫耀自己「管全台灣的醫生和醫院」，並且在親臉頰之外，還用舌頭去舔年輕人的耳朵。

年輕人覺得受到屈辱，幾天之後和民意代表李慶安取得聯繫；經過研判，李慶安認定，那晚言行無禮的，是代理衛生署長的涂醒哲。她決定出面，幫年輕人討回公道。

新聞曝光後，被點名的涂醒哲堅決否認；除了和年輕人當面對質、連續召開記者招待會之外，還按鈴控告李慶安和年輕人誹謗，求償台幣五千萬元。然後，在媒體一片喧鬧之際，事情有了戲劇性的轉折：原來，當晚失態的，不是衛生署的代理署長涂醒哲，而是衛生署的人事主任屠豪麟——是此屠也、非彼涂也！

真相大白後，李慶安和年輕人立刻認錯；但是，涂醒哲不接受道歉，還表示不會撤銷告訴。官司最後的結果如何，很難逆料。當然，這樁社會事件，除了成為茶餘飯後、街頭巷議的焦點外，也是課堂上論對辯難的現成教材……

是非曲折清楚分明

在觀念上，目前可以訴訟官司（actionable torts, actionable wrongs）有兩個。第一個，當然是和屠主任有關；他的行為，可能涉及刑法的公然猥褻，也很可能在民法上構成對年輕人身體和精神的傷害。第二個官司，是以涂醒哲為主；李慶安和年輕人的不實指控，可能涉及刑法的公然毀謗，在民法上也可能形成對涂醒哲精神名譽的傷害。

由經濟分析的角度來看，兩件官司的曲折都很清楚。在一樁意外或糾紛裡，愈能防範意外或糾紛的人，就應該承擔愈多的責任。換一種說法，就是「誰防範糾紛的成本最低（least cost avoider），誰就該負起這個責任」。

就第一個官司而言，年輕人可以防止被騷擾舔耳朵；但是，在喧鬧歡唱、飲酒作樂的場合裡，並不一定容易明快的拒絕。而且，始作俑者是屠主任，由他來避免糾紛，成本最低；一切波折，由他而起。只要他稍稍自制，就不會有後來的滔天巨浪。因此，在這件官司裡，他要負最大的責任。當然，在觀念上認定他有錯，和在法庭裡證明他有錯，是兩回事。在昏暗燈光下，在煙霧酒氣裡，要舉證親頰舔耳，不一定容易。

政務官論斷拿捏失分寸

就第二個官司而言，是非也很清楚。對涂醒哲而言，這次事件純粹是天外飛來的橫禍；無論事前如何防範，他都無從避免。因此，他要承擔的責任最小。要承擔最大責任的，是立法委員李慶安；她擔任民意代表多年，對於社會上的詭譎狡詐、政治上的權謀傾軋，歷練多矣。而且，在臧否政策、論斷是非上，也早有拿捏的分寸。所以，雖然有涂屠之差的曲折，可是對於涉及政務官的名節，她可以、而且應該再三查證。只要付出有限的成本，她就可以避免這次的糾紛。可是，該付出的成本，她沒有付出。

相形之下，年輕人涉世不深，並沒有其他企圖，他的責任較小，但是也有過失。在事後和涂署長碰面時，他沒有仔細端詳，錯失了大好時機。雖然他也是受害人，但是只要他付出不大的成本，可以避免事態擴大。涂署長名譽受損，年輕人也有責任。不過，和李慶安比較起來，他的社會經驗有限，而且沒有涉及個人的利益，所以責任要小得多。

因此，由成本的角度來看，兩件官司的是非和責任輕重，都很明朗。當然，在成本之外，也可以由效益的角度，作進一步的檢視。在第二件官司裡，涂醒哲是明顯的受害者。不過，公眾人物容易接觸媒體，為自己辯白；而且，一旦澄清之後，可能因禍而得福，聲名更大。因此，他所受到的損害，也值得有額外一層的考慮。

因為是非很明確，所以最值得斟酌的，其實是第二個官司的賠償金額。涂醒哲要求賠償五千萬新台幣，可是到底哪個數額才適當呢？

最直截了當的答案，當然是以涂醒哲受的委屈為準；他受了多少委屈，就該得到多少賠償。可是，由此涂到彼屠，只有兩三天的時間；公眾人物三兩天的委屈，值多少錢？其次，是以李慶安和年輕人犯的錯為標竿；犯了多大的錯，就賠多少錢。李慶安的過錯，要遠大於年輕人的過錯；而且，年輕人沒有揚名立萬的企圖，李慶安主持正義的背後，當然有累積政治資本的實利。不過，他們所犯的錯，是無心之過、是不用心之過，而不是有心之過；犯了誠實的錯誤（honest error），該賠多少錢？

實現正義成本不能太高

除了以兩造當事人為基準之外，比較有意義的參考座標，其實是「往前看」（forward

looking）的思維。在設定賠償金額時，法官要考慮的，是長遠來看，哪一種賠償金額產生的效果較好？這個金額，必須高到能發揮儆示作用；提醒任何想摘奸發伏的人，必須再三小心求證。無論是基於主持正義、攫取政治利益、或其他任何考量，向別人丟石塊的人，必須先仔細看清楚目標。

另一方面，這個金額又不能太高。如果太高，會使得正義不容易伸張；換句話說，讓實現正義的成本過高，等於是擴大了惡人惡行的保護傘。因此，決定賠償金額的關鍵所在，並不是這次的當事人，而是對未來所具有的宣示效果。

當然，上面的分析，是由經濟分析所描繪的圖像；由法學的角度，也許會描繪出一幅不太一樣的圖像吧！

二、給馬英九市長的一封信

親愛的馬市長：

納莉颱風，帶給台北市前所未有的重創；捷運停擺，垃圾盈尺。對台北市民和你而言，這都是艱辛的考驗。

因為情況過於特殊，難免引發部分民怨。媒體報導，有些傳統上支持民進黨的地區，認為在你的指示之下，垃圾車有意過而不入。不過，這是小看了你的政治智慧。為了選票，你可能還會優先處理這些區域。因此，這一類批評，有失中肯。

然而，由這次水患的危機處理上，確實也凸顯了你一些的缺失。站在市民的立場，我謹提出幾點意見，請你參考。

首先，是市長角色的問題。在電視裡，可以看到你全力投入救災；不但到土石流的災區，還到水勢暴漲的河畔、停擺的抽水站、沒頂的捷運站，真正是馬不停蹄。而且，為了清除市府大樓的積水，你甚至穿上涼鞋短褲，和市府員工一起動手掃水。

你投入的心力，有目共睹；那雙光采漸失的兩眼，和兩眼之下的眼袋，是最好的說明。不過，有苦勞，並不表示有功勞。台北市有數百萬的市民，生活起居和衣食住行，都要靠市政府的大小機構。作為市府團隊的首長，你是不是一個好的領導者，讓市府組織有效運作呢？

我們不妨以九一一事件之後，紐約市長朱利安尼的舉止當例子。即使傷亡慘重，他仍然從容以對；一方面動員紐約市本身的人力物力，一方面和州政府及聯邦政府聯繫，爭取奧援。當然，他也到現場為救難隊員打氣，也參加殉職人員的喪禮。但是，至始至終，他是以專業經理人的身分，指揮一個龐大組織。他沒有身先士卒，和救難隊員一起在瓦礫中救難；事實上，民眾也不期望他這麼做。

相形之下，你頻頻站在第一線，和工作人員共甘苦。這是小恩小惠、是只見輿薪的作法，不僅於事無補，而且不是把可貴的心力時間，好好用在刀口上。（當然，不只你如此；陳水扁視察災區時，拿起鏟子剷了兩下汙泥，不知道意義何在？）

其次，是你的思維邏輯，也有可議之處。在接受訪問時，你對垃圾問題表示：「雖然全力搶運，但是速度還是不夠；只能向市民致歉，市府將再加把勁。」稍加思索，就可以看出這是不好的邏輯；因為，市民的權益是相對的，而不是絕對的。其實，比較好的回應是：「水患所產生的垃圾，是平日的五十倍以上。清運人員可以停止休假，可以把工作時間延長；可是，如果工作時間過長，注意力會開始減弱，效率降低，也容易出意外。清潔隊員也是市民，我也必須考量到他們的權益！」這是負責任的態度，也是專業化的表現。

前面這兩點關於作為和思維的缺失，可以說是目前行政首長的通病；不過，下面一點，則是你個人的問題：獨占鎂光燈，不和他人分享。

台灣目前的情況，是缺乏方向感；民眾希望有英雄，希望找到他們可以寄託和認同的對象。在歷次危機處理時，很容易從市府團隊裡培養出一個個的英雄：副市長處理九二一大地震、環保局長和清潔大隊大隊長面對垃圾、交通大隊長因應捷運停駛下的交通黑暗期……由他們來面對媒體，不僅對問題掌握更深入，而且更容易得到民眾的認同。他們的績效，不正是你的績效嗎？他們得到的奧援，不正是你進軍總統府的後盾嗎？可惜，你放棄一次又一次雕塑市府團隊的機會，一路走來，始終如一——只容許一個媒體寵兒，你自己！

和台灣其他的政治人物相比，你有許多優點；最明顯的，是你依法行政、穩紮穩打。不過，在「比爛競賽」中高人一籌，並不值得慶幸；值得你競爭的對象，是朱利安尼、李光耀等這些國際水準的領導人物。

人格的特質是冰凍三尺、非一日之寒，不過對於人的可變性，我們還是很樂觀。如果你能克服這些缺失，不但自己的境界大為提昇，也將是我等台北市民之福；長遠來看，更將是台灣民眾、乃至於華人社會之福！

敬祈

公安！

市民甲　敬上

三、向法治社會邁進——兼評經發會

現代社會普遍強調法治，因為基本人權會受到保障；更重要的，是在法治社會裡，公共事務的決定，有一定的章法可循。因此，即使法治社會也不能免於戰爭或經濟恐慌，但是法治社會的觀念已經深植人心，舉世皆然。

在華人世界裡，台灣是新興的民主社會；在法治程度上，過去一向要強過中國大陸，落在香港之後，而可能和新加坡不相上下。我們不妨回過頭來，看看近年來的幾件事。

一九九九年九月大地震之後，台灣中部地區斷垣殘壁，傷亡慘重。於是，當時的總統李登輝御駕親征，在台中縣主持大里鄉災後重建（里民）大會。電視裡，李氏神情懇切的下達一連串指令。不過，李氏跨越一切行政體制，直接主持里民大會，明顯的越權和違法。大里鄉的會議，該由鄉長來主持，縣長主持都違法。

世紀更迭之際，台灣選出新的總統；二〇〇〇年五月，陳水扁宣誓要捍衛憲法和憲政體制之後，接任新職。沒有多久，陳氏表示，為了掙脫立法院的僵局和因應國內外情勢，將邀請在野兩黨的黨魁，到總統府共商大計。這個舉動不違法，但是絕對違反憲政體制的精神。兩位在野黨的黨魁都不是國會議員，因此在憲政體制裡，沒有代表民意的法定地位。陳氏要磋商的對象，是國會裡在野黨的領袖。如果美國總統跨越國會，邀請在野人士政治協商，不僅民眾和媒體會大肆抨擊，參眾兩院的議長一定會挺身而出，直指其非：「成何體統，置我等法定的民意機構於何地！」

接著，行政院副院長接任院長，原職出缺。在陳氏的力邀下，大法官賴英照同意接任。在憲政國家裡，行政和司法是兩條截然不同的軌道；各有各的文化傳承，而且彼此是處於制衡的地位。大法官是司法體系的頂尖，位極榮寵，怎麼能轉進行政體系呢？當事人可能有人情壓力，不能堅持分際；但是，司法院院長應該挺身而出，明白宣示：「大法官捍衛的，是更根本而中立的價值，怎能和隨政權更迭而興替的行政首長混而為一？」可惜，司法院長大人公開表示，恭賀院內同仁榮升行政院副院長！

再來，是總統言論集的事。人事單位要印陳氏的言論，發給公務員閱讀；媒體批評，這是威權時代的造神運動，陳氏答得很妙：「公務員知道總統的想法，難道不應該嗎？」乍聽之下，理直氣壯；其實，不然。

公務員受法律保障，是具終身職的文官。一個稱職的公務員，要知道本身業務的相關法令，要知道直屬上司的想法。事實上，如果上司的指示牴觸法令，公務員依恃的是法令，而不是以上司、或上司的上司為依歸。總統上上下下、來來去去，他何必知道總統的想法是什麼！陳水扁出國訪問時，不妨請教友邦的元首，問他們有沒有印製「言論集」。他們大概會微笑以對：「您一定是在開玩笑！」（You must be joking!）

然後，是「經發會」（經濟發展委員會）。在陳氏「出國拚外交，回國拚經濟」的口號之下，集合了一百二十位產官學界的菁英，希望能集思廣益，挽救台灣岌岌可危的經濟。集會前，陳氏以主任委員的身分宣示：「經發會達成的共識，行政官員無權否決。」可是，這是政治口號，不是法律；經發會的法律地位在哪裡？

行政院裡的經建會（經濟建設委員會），本來就是負責規畫經濟發展、和因應經濟波動等相關問題。而且，經建會和行政院的政策，要在國會裡面對代表民意的國會議員，由他們提出質疑和詰難。所有關於政策的論對和表決的過程，是在憲政體制之內運作；受法令的約束，但是也受到法令的保障和支持。還有，陳氏是以自己的政見得到民意的支持而當選，當初的政策白皮書呢？為什於麼不根據政策白皮書，在憲政體制的架構裡，推展自己的理念？

何況，執政黨在國會裡居於少數，在民主法治國家裡屢見不鮮；居於少數的執政黨，有少數執政黨的作法。以台灣的情況而言，修改不合時宜的行政命令、改善公務員的素質、提昇文官體制的效率等等，都是在行政體系本身權責範圍之內，和國會結構無關。這是政黨政治的常軌，也是法治國家的正途。

相形之下，經發會的組織、成員、和功能，都是體制外的產物；依成員的結構和討論方式來看，幾乎必然得到原則式、口號式的結論。更何況毫無法定地位可言，試問行政部門如何據以依法行政？

對於經發會，立法院長應該挺身而出，嚴正宣示：「立意或許良善，但於法無據，有違憲政體制。」可惜，院長大人似乎更在意自己是不是經發會的副主任委員，而完全忽略了自己是憲政體制裡最高民意機關首長及其職責所在！

最後，是實質問題。台灣經濟的困境，基本上是因為意識型態的包袱，透過政治力量的運作，影響了正常的經濟活動。**如果產官學的菁英開開會就能解決經濟問題，經濟學的教科書必須重新改寫。如果開開會就能解決經濟問題，股價指數不會從一萬點跌落到四千點！**

由籌備到召開，經發會耗費了可觀的人力物力，吸引了媒體長時間的注意，也讓一般民眾產生殷切的期望。看來似乎是熱熱鬧鬧、煞有介事，實際上幾乎注定是過眼雲煙、於事無補——就像先前的國政顧問團和兩岸關係跨黨派小組一樣。古人說畫餅可以充飢，真是入木三分。

著名的經濟學家凱恩斯曾說：「經濟學道理簡單，但是極少人能得其精髓。」（Economics is an easy subject at which few excel.）。其實，他只說對了一半；當法治還不足以有效的維持政治和經濟的分野時，政治力量對經濟活動的壓抑、阻撓、扭曲、扼殺，可就不再是簡單的問題了！

四、再弔古戰場

我很喜歡王羲之的〈蘭亭集序〉，三不五時會在心裡默背一次；記得有一次酒後，還和朋友打賭，能一口氣背完、不漏一字。當然，附庸風雅的皮毛，比不上三十五年陳年威士忌的威力。

可是，雖然我喜歡〈蘭亭集序〉，對於其中的一句話，卻始終覺得有點困惑。在全文倒數第二段，書聖王羲之提到：

當其欣於所遇，暫得於己，快然自足，不知老之將至；及其所之既倦，情隨事遷，感慨係之矣。向之所欣，俯仰之間，已為陳跡；猶不能不以之興懷。況修短隨化，終期於盡。

雖然這一段文字的大意，還算清楚；可是，我一直不能釋然，到底「猶不能不以之興懷」的意義是什麼？王羲之的心境、所希望表達的情懷，又是什麼？

我隱隱約約感覺得到，那是一種因為事過境遷，而在心情上引發的變化；可是，究竟如何，我卻覺得很模糊。不過，年歲漸長，卻在不經意之間，偶有聯想……

一九九九年五月到翌年四月，我應台灣《聯合報》副刊之邀，撰寫一專欄，隔週見報。有一次，寫了篇名為「弔古戰場」的文章。篇名，是借用《古文觀止》裡李華的〈弔古戰場文〉；場景，是我在研究室裡，整理牆上的耶誕節、教師節、和新年的賀卡時，引發的聯想；內容，則是論證「時間」這個因子，在生活裡的意義。我提到，時間對人的影響，主要是在於人對「因果關係」的體會：

年齡漸長，有比較多的機會觀察到人事的興衰遞嬗。一方面更能體會到是非善惡的相對性，知道黑和白不一定是那麼的截然劃分；另一方面，也會親身經歷或親眼看到人事變化上比較完整的過程，只知道好人不一定有好報，壞人不一定有惡報。

文章刊出之後，意外接到一位讀者的電話。他提到自己和我一樣，已屆知天命；但是，從來沒有想過，「時間」這個因子的意義。據他說，文章對他造成很大的震撼。他開了一家出版社，希望將來有機會出版我的作品。

二〇〇〇年八月起，我到英國牛津大學訪問研究一年。在那一段時間裡，由耳聞目見（甚至於在呼吸裡），可以清楚的感受到英國社會中的「歷史感」（sense of history）。歷史，是由漫長的時間所累積凝結而成；如果歷史很重要，雕塑歷史的時間當然就有特別的意義。有一次參觀大學的博物館，在某個陳列室裡，就看到以「時間」為主題的特展。

次年八月，離開牛津，回到台北都會區裡目不暇給、熙來攘往的生活步調；只覺得時間過得飛快，俗務繞身，不容易靜下心來想些深刻的問題。有一天，應邀為一本將出版的書寫「導讀」；我在斗大的研究裡來回踱步，希望能琢磨出一些靈感。

當我在書籍間瀏覽時，眼光突然落在海伯納的名字上。海氏，是紐約新社會科學院的台柱，博覽群籍，學問貫穿古今；他的鉅作《資本主義的性質和邏輯》和《俗世哲人》等，都被譯成多國文字，影響深遠。

看到海伯納，我腦中靈光一閃；不但想到導讀論述的主軸，也對「時間」這個因素，有了新的體會……

在多本著作裡，海氏都提到他的歷史觀；人類歷史可以約略分為三個階段，首先是以「傳統」（tradition）為主要支配力量的時期。在這個階段裡，人類以遊牧或農業為主。春夏秋冬，反覆出現；人們認為，未來會和過去一樣。因此，人們似乎在酣睡中度過時光（sleepwalks through history）。第二個階段，是以皇權和神權主導的「統御」（Command）封建社會。在這種社會裡，人們臣屬於某種指揮體系；他們試著扮演好自己的角色，對未來也沒有太多的遐想。

十八世紀出現的工業革命，徹底的改變了人們的生產方式和生活型態。蒸汽機和汽船等發明，帶來了生產上的量產和蓬勃的經濟活動。人類社會從此進入「市場」（market）的階段，而隨著市場的蔓延和擴大，人們期望未來會和過去不一樣；而且，未來會更好！

就「時間」這個因素而言，在傳統社會裡，同樣的現象不斷的重複和因循。在統御社會裡，時間的意義很模糊；封建體系的崩毀，可能會改變從屬的關係。不過，那只不過是重新洗牌而已，牌戲本身的性質並沒有變化。一旦進入以市場為主導力量的階段，即使對一般社會大眾，時間的內涵都慢慢變得充實豐碩。一方面，人們期望將來會比過去好，因此是帶著引領企盼的心情迎向未來。另一方面，人們意識到自己在時空脈流中的地位，因此更是以饒富興味的心情，希望能擴充本身的經驗。也就是，人們希望能歸納出人類經驗裡跨越時空、最深沉的交集，然後再以這種結晶為依據，去面對更多采多姿的未來。

對個人來說，這表示每個人都可以掙脫個人經驗的局限，試著去體驗其他的人、在其他的時空裡的體會以及所累積的智慧。因此，如果帶著這些智慧的結晶，而以期盼的心迎向未來，或許就可以掙脫「情隨事遷、感慨係之矣」的心境，也不需要有「猶不能不以之興懷」的躊躇和猶豫。

王羲之，生於西元三二一年，卒於西元三七九年；他的歲月，離工業革命和市場經濟還有一千四百年左右。如果他活在今天，不知道筆下的〈新蘭亭集序〉會是什麼樣貌？

五、續貂

李慶安和年輕人涉嫌誹謗涂醒哲，最後檢察官以「不起訴」作結；不過，雖然李慶安在司法上沒有受到懲罰，她在民調中的聲望，卻大幅下滑。

給馬市長的一封信，因為避免焦點模糊，所以沒有用真名，而以「市民甲」的名義撰寫；發表時，《聯合報》的「民意論壇」又建議改為「釋民甲」。某一位朋友、馬英九的市府顧問告訴我，文章見報之後，馬英九的令堂看到，認為言之成理；她打電話給寶貝兒子，要他剪報參考。此外，當晚十一時許，另一位朋友（餐廳老闆、名廚、有自己的電視節目、示範美食）打電話給我；神秘兮兮的問，釋民甲是不是你？顯然，我的文章有點特色，很容易就露了馬腳（熊腿？）。

前三篇文章，都是臧否台灣的政治；一旦涉及政治，免不了容易有情緒上的起伏。最後一篇，把時間拉長，或許可以澆點冷水、降點溫。當然，對於政治議題和政治本身，應該熱情或冷淡，又是一個爭議不休的難題！

The Diamond Sutra
Economic Analysis
perceive with non-perception
stand with non-standing

第十四章 經濟學始於佛法式微處

一、經濟學始於佛法式微處

幾年前，我的老師、經濟學界的一位大老，因病入院。他得了膀胱癌，決定開刀切除感染的部位。他一向與人為善、受人敬重愛戴，所以住院的消息一傳出，前往探望的人很多。既然是癌症、又要動手術，而手術總有風險，所以老師的心情自然有起伏，隨侍的家人更是驚惶。老師的朋友和學生們，有人好心的送了一些佛教書籍，希望能幫助病人排遣。

我到醫院去看老師時，在他床邊的小櫃子上，就發現有好幾本佛學叢書。我看了之後二話不說，跑到醫院旁的便利商店，買了兩本花花公子，送給老師舒展心情。

當時的想法很簡單：老師即將動手術，可能是生離死別；佛教書籍裡，盡是宣揚人生有諸多苦難，最好能看破死生、掙脫苦難。可是，如果參透了生死，那麼死生如一，怎麼還會有求生的意志呢？看了花花公子，知道世界上還有很多美好的事物；活著才能欣賞，也才會激發出鬥志！

後來，老師的手術很成功，復原的情形非常好。有一次，在電梯裡意外遇到老師，我問候他：聽說老師退休之後，反而更忙；現在掛了多種頭銜，一共領六份薪水！老師聽了，嘴角上浮現一抹慧黠的微笑，然後小聲的說：「不只！」這是多年前的往事，到現在為止，我還是不知道：那兩本花花公子，究竟發揮了多少作用。不過，最近再想起這一段曲折時，卻有些新的聯想和體會。

在佛教的典籍裡，《金剛經》是公認很重要的一部；原因之一，是這部經典記載了佛祖圓寂前的開示。可以說是釋迦牟尼對自己思想的回顧和總結，也就是佛教教義登峰造極的結晶。《金剛經》的內容，環繞著兩個核心思維：離相無住、不住相布施。兩點思維的交集，是「離相」、也就是「不住相」。以日常用語來說，這是指不執著於表相，不為眼前的現象所拘泥和困惑。或者，換一種說法，就是在心境上能「歸零」；因為眼前的人事物只是過眼雲煙，而且美醜善惡是非對錯，都是相對的、是人所賦予的。因此，人可以掙脫這些表相的羈絆，有意識的讓自己的心境波紋不興、心如止水。

無論是抹去自我、歸零、或心如止水，都是很難達到的境界。不過，對於有某些經歷人生鉅變的人而言，卻庶幾近之。譬如，曾經身罹重病、在鬼門關前掙扎許久，終於救了回來；或者，家庭曾有重大變故，妻離子散、家徒四壁。因為心境上如同跌落萬丈深淵，心情已如死灰；再回頭看身邊的小是小非、小利小害，自然可以淡然視之處之。曾經滄海難為水、登泰山而小天下，都是描述類似的心境變化。很多經歷重大變故的人，看破紅塵、遁入空門，也是同樣的道理。

對於一般人而言，生活裡的是非起伏，多半不是滔天巨浪，而只是潮汐般的升升降降。在心境上，也就不容易大徹大悟、反樸歸真。不過，即使對大部分的凡夫俗子而言，《金剛經》的教義還是有相當的啟示：雖然外在的環境七顏六色、光怪陸離；然而，自己心境的高低，終究是懸繫於自己的認知。而認知，又是取決於自己的價值體系。因此，人總是可以試著說服自己，價值體系毋需太過精緻細密；鈍化粗糙一些，反而比較從容豁達。即使在萬丈紅塵裡，《金剛經》的智慧還是有撫慰洗滌的功能。

還有，歷史上除了屈指可數的高僧之外，對絕大多數的人而言，都不可能達到心如止水的境界。一旦離開那種境界，就表示有了「分別心」。心情不再是歸零，萬事萬物之間，也有了相對高下、美醜、善惡、是非黑白等等的差別。一旦有了「分別」，才可能作選擇；在認知上先辨認出差異，才能考慮怎麼取捨比較好。而權衡選擇取捨，正是經濟學的重要課題。因此，達到佛法的最高境界，沒有分別心，也就沒有經濟學的空間；一旦離開那種狀態，就進入了經濟學的領域——經濟學，始於佛法式微處。

在智識上，這是一個極端的對比。佛法，意境高超絕妙，遠離俗世和紅塵；經濟學，和買賣交易股票期貨密不可分，鎮日在銅臭味裡打轉。一個脫俗，一個粗俗；一個全無算計，一個算計不斷。然而，在這兩者之間，卻有一道自然而然的聯結。而且，無論是對絕世高僧或一般民眾，這個聯結似乎都有一點啟示。

在經濟活動裡，有難以數計的商品和價格，也有令人眼花撩亂的利率匯率等等。表面上看，這些物品和數字，都再明確具體不過。可是，追根究柢，這些數量價格的基礎，還是在於人的認知。人參魚翅的價格，不是來自於這些材料的本身，而是由人所賦予支持。人內在的主觀價值，決定了經濟活動所呈現出的客觀價格。只要人在主觀上調整認知，即使達不到心如止水、歸零的層次，也足以影響乃至於改變客觀的價格體系。

不過，即使在個人的範圍裡，佛法和經濟學有某種巧妙的聯結；在個人的層次之上，佛法和經濟學的差別，卻有天壤之分。佛法的世界裡，個人可以自我修持，也可以度化他人。然而，無論如何，都是局限在個人的行為上。可是，在經濟學裡，卻是不然；個人如何生產消費、擇偶就業等等，都只是經濟學裡很小的一部分。

經濟學的主要內容，是探討一個社會，如何由散沙般的個人，透過經濟活動能正常運作、乃至於成長發展。因此，在個人之上，有交換和分工，有群體組織，有典章制度。透過對這些活動的描述和分析，經濟學希望能歸納出人際互動的脈動，而且希望能有助益。和佛法對個人的教誨相比，經濟學的企圖和使命，顯然要複雜困難得多。

老師手術出院後，我從來沒有問過他：是佛學叢書幫他度過身心的考驗，還是花花公子使他生機盎然？不過，無論答案如何，畢竟都只是個案，而不是通則。比較有趣的，倒是佛法和經濟學之間的關聯；也許，透過兩者之間的對照，對彼此都會有較深刻的體會吧！

二、報應

一位成功的專欄作家，常接到各地讀者的來信，請他指點迷津；他閱歷豐富、心思縝密、悲天憫人，所以總是能針對問題，指引一二。不過，作家最近接到一封信，是一位小女孩的投書；赤子之心所提的問題，卻令他躊躇再三，不知道該如何因應。小女孩的信，內容大致如下：

「每個星期天上教堂時，牧師都告訴大家，要時時提醒自己，做個好人。因為，萬能的上帝，總是在仔細的注視著每一個人。好人，會得到上帝的賞賜；惡人，也會得到上帝的懲罰。可是，隔壁小男孩的爸爸，遊手好閒、酗酒、賭博、打太太和小孩出氣，對鄰居惡臉相向；小孩總是鼻青臉腫、衣衫襤褸，庭院總是雜草叢生、滿目瘡痍。然而，為什麼他做了這麼多的壞事，卻從來沒有得到上帝的懲罰呢？」

小女孩想知道：惡人沒有得到報應，為什麼？專欄作家苦思多日，終於腦中靈光一現，找到答案了。他特別在專欄裡撰文，回應小女孩；他說：對於那個人，上帝其實已經懲罰他了。上帝讓他成為「惡人」，一輩子受別人輕視，就是對他最嚴厲的處罰！

這篇文章一出，立刻引起廣泛的回響；媒體報章雜誌，競相轉載這篇引人深思、令人折服的文章。雖然這位專欄作家的回應，匠心獨具；可是，略為琢磨，其實也有可議之處。在一般人心目裡，「好人好報，惡人惡報」，是指做了好事，會有好的果實；做了壞事，也會得到對應的惡果。如果惡貫滿盈的人為非作歹，而其他的人只能說：成為惡人，就是他的報應；那不是很阿Q嗎？不等於是另一種形式的精神勝利法嗎？——一旦被別人欺負，就告訴自己：這是兒子打老子，老子不計較！

因此，雖然在某些方面，專欄作家的文章確實撫慰人心、振聾啟聵；可是，由另外一種角度來看，卻等於是在逃避問題、打太極拳。不過，在更抽象的層次上，那篇文章的巧思，卻對罪與罰、獎和懲的問題注入新意。

在廿一世紀初，許多社會裡都已經廢除死刑；或者，只針對很少數特定的罪行，援用死刑——殺警察、叛國等。反對死刑的人，可以列舉出一長串的理由：死刑不人道、未必能產生恫嚇效果、萬一誤判無從挽回等等。可是，贊成保留死刑的人，至少有一個平實可信的說詞：輕罪輕罰、重罪重罰，合情合理；如果廢除死刑，最重的處罰，就是無期徒刑——斷手斷腳等肢體刑，早已被現代文明國家所揚棄。那麼，如果一個正在服無期徒期的人，在監獄裡又殺了人，不論是獄卒或其他犯人，怎麼辦？

在沒有死刑的國家裡，無期徒刑已經是最重的懲罰；因此，最多只能再來一個無期徒刑。可是，無期徒刑加無期徒刑，其實無關痛癢。所以，保留死刑，等於是保留了一種最終的法寶（last resort）。對於服無期徒刑的人，至少還能有某種約束力。因此，雖然和其他刑罰相比，死刑的性質大不相同；可是，正是因為這種非常特別的性質，也許就值得作有限度的保留。

說來奇怪，這種在死刑和其他刑罰之間的特殊結構，也出現在獎賞上。許多職業賽裡，第二名以下，獎金大概都是等比例減少。可是，在第一名和第二名之間，卻往往有一個不成例的大跳躍。這與死刑和無期徒刑之間的巨大鴻溝，簡直就是異曲同工。可是，為什麼呢？

最直截了當的解釋，就是冠軍爭奪戰最引人矚目；想看的觀眾多，門票的價格高，自然能提供較優渥的獎金。或者，倒過來看，正因為冠亞軍的獎金差別大，才會引人注目，激發觀眾（和球員）的興趣。可是，經濟學家卻提出不同的解釋，他們以數學模型證明：從最初的淘汰賽開始，參賽者要一路過關斬將。所以，單單是「打進下一輪」這個目標，就足以激發鬥志、讓球員勉力以赴。可是，等到冠亞軍賽，已經是最後一場比賽；無論輸贏，都沒有下一輪。為了維持球員同樣的鬥志，就必須以一個很特別的超級大獎來作為誘因！

因此，無論是獎或懲，在最好最壞以及所有其餘的之間，會有很不一樣的作法。專欄作家給小女孩的答案——讓他成為「壞人」，就是上帝給他最大的懲罰——雖然有點阿Q，事實上卻有理論和實際的支持。而且，進一步思索，這也反映出一種更深層的思維。

無論是賞或罰，通常有兩種方式：外在和內在。別人的讚美批評、上司決定的升遷降調、其他的獎金罰金等等，都是外在的獎懲。另一方面，自己心裡的得失、喜怒、挫折及肯定等等，是內在的賞罰。兩者之間有很多差別，其中最重要的之一，是身分上的差異。操作外在的獎懲，裁判和球員是不同的個體；操作內在的賞罰，裁判和球員是同一人。

當球員是球員、裁判是裁判時，雙方各司其職；賞罰由裁判決定，球員接受結果。當球員和裁判是同一人時，自己決定對錯、也同時提供和承擔賞罰。球員和裁判分開時，專業程度較高，可是要耗用可觀的資源——警察、檢察官、法官、乃至於整個司法體系，都是在扮演專業裁判的角色，也都是由社會大眾的稅負來支持。

相反的，裁判和球員集於一身時，毋庸耗用外在的資源；自己心理上的喜悅和挫折，都是由自身提供和承當。當然，要集球員和裁判於一身，也不能無中生有。要有足以發揮作用的獎懲機制（也就是道德感），必須在孩童成長的過程中，慢慢的醞釀雕塑；父母、家庭、學校、和社會所付出的心血，就是維持這個裁判球員「二合一」的體系所耗費的資源。至於這兩種成本孰高孰低、孰好孰壞，顯然是耐人尋味的好問題。

在某種意義上，專欄作家給小女孩的答案，就是把外在的獎懲，轉化為內在的獎懲。那位小女孩的鄰居，可能不會受到任何外在（和內在）的懲罰；可是，其他的人——小女孩、專欄作家的千萬讀者——卻得到珍貴的啟示；如果不自我提醒，也可能會受到同樣的處罰。然而，令人好奇的，是這種內化的獎懲機制，究竟能負荷多少的重量？……

三、狗、機械狗、和小犬

「狗、機械狗、和小犬，這三者之間，有何異同？」

這個學期，我教了一門「經濟學概論」；通識教育的課程，兩個學分。修課的同學，來自文理農工醫學院，各年級都有。既然是通識，所以以溝通觀念為主；而且，我希望能把經濟學的思維，聯結到同學的實際生活經驗上。沒想到，討論到經濟學對倫常關係的解釋時，頗引發了一些爭議。第一堂下課鈴響，討論正熱烈；我靈機一動，要同學利用下課時間，想一想「狗、機械狗、和小犬」之間的差別。

諾貝爾經濟獎得主史蒂格勒曾經表示：經濟學者，最好把經濟學弄得「客觀、正確、而有趣」（objective, accurate, and interesting）。我問的問題，自覺有趣；決定自問自答，希望答案客觀而正確。

第一，三者之中，機器狗和狗，都是狗；小犬，是人而不是狗。不過，只有狗才是真的狗，機器狗和小犬一樣，都是假的狗。然而，小犬和狗，身分不同，卻都有生命、會拉屎；機器狗是機器，沒有生命、不拉屎。顯然，三者之間，確實有相同相異之處；細細琢磨其中曲折，似乎饒有興味。

第二，依出現的先後次序，是先有小犬、再有狗、再有機器狗。所以，小犬的底細，值得先捉摸清楚。人類發展的軌跡，大致上是由穴居、到漁獵、到遊牧、最後是農作。在這個漫長的演化過程中，人所面臨的考驗，和其他動物相去不遠：生存和繁衍。小犬，顯然有助於達成這兩個目標。而且，無論是漁獵遊牧或農作，人手愈多，表示勞動力愈多，當然愈好。還有，在和大自然搏鬥的過程裡，除了生產、消費、和儲蓄之外，還必須面對天災人禍；因此，為了發揮保險的功能，最好是數代同堂、親戚妯娌聚集而居。倫常關係血濃於水，小犬們和小小犬們很重要，真是有以致之。

更重要的是，為了鞏固和強化倫常關係，最好能發展出一些配套措施，以為輔助。

華人社會裡，對家庭特別重視；父慈子孝兄友弟恭、父母在不遠遊、天下沒有不是的父母等等，都是世代累積出的傳統智慧；這些觀念，有助於雕塑和維持五倫和其他的倫常關係。

第三，農業社會進展為工商社會，經濟活動的性質改變，所運用的工具當然也改弦更張。連帶的，家庭裡的倫常關係，也迥異於往昔。都會區裡，無論男女，單身貴族愈來愈多。為什麼呢？在傳統農業社會裡，夫婦為伴侶；生活起居、食衣住行育樂，都以彼此為伴。相形之下，現代都會區裡，男女都有很多機會接觸不同的朋友；因此，慢慢的，他們發展出不同的「功能組合」（functional combinations）。考試，有一群朋友，一起準備考試；工作，有工作上的朋友，彼此交換資訊；吃喝玩樂，有另一群對味的朋友，共度快樂時光。不同範圍的活動，有不同的伴侶；都會區的條件，讓「伴侶」的意義大異於過去，呈現了高度的專業化（specialization）和分工（division of labor）。

第四，伴侶的結構，既然可以重新組合；子女的意義，當然也可以與時俱進。農業社會裡，小犬像是「資本財」（capital goods）；平時幫助生產，老時隨侍在側。工商業社會，大部分的人受僱於人，工作上和子女無關。而且，平時有公保農保勞保，老時有退休養老金。大家庭所發揮保險的功能，大幅萎縮；三代同堂式微，核心家庭變成常軌。小犬的性質，也由資本財而逐漸變為「消費品」（consumption goods）。兩代一起，度過一段共同成長的快樂時光；然後，彼此分道揚鑣，各奔東西。

父母晚年，過去是由小犬們晨昏定省、承歡膝下；現在則是住在安養中心，或由菲傭服侍左右。這是隨處可見的事實，和價值判斷或道德高下無關。子女是資本財，兩代關係漫長持久；子女是消費品，兩代關係短暫急促。兩相對照，有點像「級任老師」和「科任老師」或「代課老師」的差別。

第五，小犬由資本財轉變為消費品，再進一步昇華蒸發、消逝無蹤。這個過程，氣呵成，船過水無痕。根據一般父母們的經驗，小犬們最可愛的年齡，是兩歲到十二歲。兩歲之前，哭鬧不休；十二歲之後，上了中學，又有一連串問題，令人心理和荷包都負擔沉重。既然如此，要找個歡樂多麻煩少的消費品，為什麼不去小犬而就狗。寵物狗，呼之即來，揮之即去；可以一直抱在懷裡，又不會有青春叛逆、求學就業、結婚生子的問題。

對很多人來說，寧願有寵物狗，而不願意有小犬——受不了寵物狗，可以送走了事；受不了小犬，可塞不回娘胎。寵物狗享受的待遇，也令人讚歎羨慕。已開發國家裡的貓狗，要比第三世界裡的人過得好。確實如此。不過，與其說這是已開發國家的墮落，不如說是第三世界國家裡政客們的罪惡。政客們有上千雙華麗高貴的鞋子，而老百姓卻過著貓狗不如的日子。

第六，和小犬相比，寵物狗確實有許多可取之處。而且，狗本身的變化，進一步呼應了人對「工具」的掌握和剪裁。**古早時候，狗參與覓食狩獵；而後，狗能牧羊、救人、導盲、看家、緝毒，不一而足。現在，絕大多數狗的任務，是當個好的寵物。因此，狗的身材性情、體能模樣，已經和漁獵遊牧時代大不相同矣。**

第七，寵物狗，好則好矣；可是，在功能上，還是差強人意。不但需要吃喝拉撒睡，而且有生物時鐘的限制，畢竟不能二十四小時服務、全年無休。相形之下，機器狗隨時待命，不鬧情緒；該撒嬌的時候一定撒嬌，不該開口的時候絕對閉嘴。更何況，老狗學不了新把戲，能討主人歡心的伎倆，變來變去就是那幾招。機器狗則不然，彈指之間，可以展現十八般武藝、或更多；而且，換個晶片，要什麼狗有什麼狗，要什麼把戲有什麼把戲。第一二三四代的機器狗，可能不甚了了；然而，隨著科技的進展，機器狗的未來不可小看；機器狗的產值，可能很快就會追上、甚至超過寵物狗的產值。

綜合以上的分析，狗、機械狗、和小犬這三者之間，確實有許多相同相異之處。而且，無論是真狗假狗、具體的狗或抽象的狗，狗兒們其實都是以「人」為中心、繞著「人」打轉！

問題有趣，答案是不是客觀和正確，可就要和現實相印證。然而，把狗、機器狗、和小犬合論，是不是人畜不分、違反道德？關於這個問題，要先界定什麼是道德；關於道德，不妨更廣泛的考慮下面這個問題：「宗教、道德、和法律」，這三者之間，有何異同？

四、續貂

我對《金剛經》的琢磨，純粹是基於智識上的好奇；沒有肉體修為的經驗，也沒有宗教情懷的好惡。依我淺見，無論哪一種宗教，只要歷史久、從者眾，往往都已經發展出很精緻深刻的思維。從自然科學和社會科學出發，都可以作學理智識上的探討；添增對宗教教義的體會，豐富宗教的內涵。可惜，有些人直接間接的對我表示，佛教經典和教義自成體系，不應該由世俗的角度分析，更不用說是俗了又俗的經濟學。

「報應」這篇文章，是希望處理人內化的獎懲機制；操作這個機制時，每個人都是球員兼裁判。這是到目前為止，我所想到最平實的描述。可是，還是覺得意猶未盡，似乎還沒有得其精髓。內在獎懲機制（道德感、價值觀）的性質如何，還有待進一步琢磨。

「三大論」這篇文章，反映了經濟學對倫常關係的分析。在華人社會裡，倫常關係的變化，速度很快。社會科學研究者的責任，似乎不在於臧否是非，而是嘗試提出解釋。

The Diamond Sutra
Economic Analysis
perceive with non-perception
stand with non-standing

第十五章 以文會友

一、順勢而為、自得其樂——經濟學者寫文章之一

我的專業，是經濟學者；但是，曾經在重要的文學刊物《聯合文學》和《印刻文學生活誌》寫專欄，短文也曾被收錄為高職國文課本的課文。因此，勉強也算是半個文藝工作者。

自己想想寫非學術性文章的歷程，回憶並不甜美，可是還算有趣。當我讀完研究所、拿到學位、回母校開始教書時，經常教兩門課；一門是大學部的財政學，一門是研究所的專業科目。財政學的教科書，一直用諾貝爾獎得主布坎楠的著作。書寫得很好，但畢竟理論多，而且是以西方的文化為背景。為了提高學生的興趣，並且讓理論和生活經驗結合，我想到一個主意。由主要報紙的社論裡，不時找出幾篇和財政學有關的；然後把文章發給學生當講義，上課再作討論。

既然是討論，我當然自己先看過、想過，到時候再自以為是的對社論臧否一二。學生的反應還不錯，討論總是很熱烈。

沒想到，時光似箭，歲月如梭；學生們很快的畢業，有幾位進報社當財經記者。他

們想起昔日課堂上的光景，想到論述似乎有據的老師，就開始向我邀稿，請我寫時事評論。寫了幾篇之後，我隱約覺得，時論緊盯時事，很快就是過眼雲煙；既然要花時間，為什麼不寫些層次較高、闡揚理念的文章？三五年之後再看，還會有意義。

現在回想起來，那是我少數事後不後悔的決定之一。打定主意之後，我就陸陸續續的寫，然後以筆名投稿到報紙的副刊。用筆名而不用本名，現在理直氣壯的說辭是：不依恃大學教授的身分，以文章本身的趣味和生花妙筆和其他作者公平競爭！其實，真正的原因，是當時還沒有升等；我怕名字常常見報，得罪了當道的大老，會影響升等。我用的筆名是「尹明」，最直截了當的解釋就是「隱名」。

在筆耕的最初幾年，有件事值得一提。台北的《中國時報》每年舉辦文學獎徵文，我自覺文章多少能「文以載道」，所以經過一番構思，寫成〈生活組曲〉，參加散文組的競爭。這篇散文是由四篇短文組成，我以起承轉合的方式，利用一連串的故事，採討經濟學的本質。我敝帚自珍的以為，得個前三名似乎合情合理。

根據報上登載的評審紀錄，當年散文組有近兩百篇文章參賽；經過初選，共有十篇文章進入決選，我的文章是其中之一。然後，評審委員（都是文藝界人士）第一次投票，選出前五名。其他的文章，得票數多少不等；可是，嘔心瀝血的拙作，得了零票。顯然，我的文章大概多少有學院派的痕跡，得不到文學界朋友的青睞。

我筆下的散文，由最初的每篇千字上下，慢慢變為一千兩百字左右；然後，隨著品牌漸漸形成，自由度也稍微增加。現在，每篇散文，大概是一千六百字到一千八百字。字數稍多，有鋪陳論述的空間。除了字數增加之外，我覺得最主要的變化，是文章的性質也有增益。剛開始下筆時，緊守經濟學的門戶；利用生活裡的大小事件，闡明經濟學的概念。簡單的說，這是「解釋名詞」的階段。

然後，我開始伸出觸角，把經濟學的思維和分析，擴充到政治、社會、法律等等的領域裡。甚至，連宗教死生等等大哉問，都成了筆下處理的題材。不過，雖然有人質疑，我知道這麼做在學理上站得住腳。從一九六〇年起，經濟學者大舉進入法律、社會、政治等領域，而且成果輝煌，也都得到諾貝爾獎的肯定。因此，理論上有後盾，心理上有靠山，何懼之有？這個階段，可以說是「一招一式闖江湖、一以貫之」的階段。

再進一步，是由散文的構思和書寫裡，我發現有時候可以提昇到學術的層次。散文，不再只是解釋名詞或展現武功，而是雕塑名詞和鍛煉功力的預備動作。先是有一篇小散文，然後再發展成學術論文；最後，是把學術論文發表在國際性的學術刊物上。我印象最深的例子，是關於「專款專用」的曲折。專款專用，是財政裡的專有名詞；顧名思義，指的是特定的預算不能轉為他用。傳統的見解，都認為統籌統支比較好，專款專用食古不化。

布坎楠慧眼獨具，大唱反調；由一九六三年開始，他和夥伴布列南（Geoffrey Brennan）寫了一系列的論文，論證專款專用也有可取之處。他們的論點，主要是著眼於吞鯨式的政府：為了對抗民主社會裡大而無當的政府，民眾最好自求多福。藉著專款專用，民眾總能得到一些服務；譬如，高速公路通行費，一定要用來維修和興建高速公路；政府為了能得到通行費，只好提供高速公路。

在一篇散文裡，我提到情緒管理的問題：工作上受了委屈，最好不要影響到家庭；就像潛水艇防水艙的作用一樣，一個艙漏水，不至於影響到整艘潛艇的安危。因此，專款專用的作法，除了布坎楠和布列南「興利」的考慮之外，「防弊」的考量也非常重要。如果採取統籌統支，一個項目出了問題（全民健保），反而可能會傷害到整個預算。

我把這個觀點寫成論文，經過輾轉投稿，後來登在一份還算不錯的學術刊物上。沒想到，有一次和布列南聯繫時——他是學術期刊《經濟學和哲學》（*Economics and Philosophy*）的主編——他主動告訴我，曾經審過我的論文，而且覺得確實有新意。

我知道，我還會繼續寫經濟散文；我也知道，還有許多經濟學者，也會繼續為經濟散文付出心力。在西方的某些大學裡，設有所謂「寫作講座教授」（Writing Chair），表彰和肯定對自然科學或社會科學普及化的貢獻。在中文世界裡，希望我們的成果，早晚會促成類似講座的出現。

我也希望，一旦設置了寫作講座，經濟學者將是最先受到肯定的耕耘者之一。

二、軋了一角戲——經濟學者寫文章之二

諾貝爾獎得主史蒂格勒曾說，寫文章要符合三個條件：客觀、正確、和有趣。

一般人可能會稍稍訝異，為什麼有第三個條件；可是，這正是芝加哥學派的重要風格：經濟學，不見得是「經世濟民」之學；經濟學是一門社會科學，而一個稱職的社會科學學者，最好能讓自己的心血結晶自娛娛人。

相形之下，東方社會裡的學子和學者們，往往有濃厚的社會責任感；認為自己責無旁貸的，應該以所學貢獻社會、一校時弊。在我教過的學生裡，很多滿腔都是正義感的年輕人；在我接觸的學者裡，也有許多位以社會改革者自期。

不過，另一位諾貝爾獎得主布坎楠曾一再強調：官員不是天使。也許是受到他的影響，我知道：學者不是天使，年輕人也不是。所以，我一直傾向於芝加哥學派的立場；把自己的學科弄得有聲有色比較重要，也比較符合專業化和分工的基本理念。

然而，即使我有意置身事外，有時候卻身不由己的被捲進是非……

一九九九年八月底，台灣的國民大會集會修憲；這是短短幾年之內，第五次修改憲法。對於任何一個民主憲政的體制而言，這不僅僅是不尋常、而已經是不可思議的現象。而且，修憲的條文之一，是國民大會代表們將表決通過，把自己（不是下一屆）的任期延長一年。這比不可思議更離譜，而簡直是憲政社會的笑話。

雖然早有傳聞，國代們打算延任自肥；但是，朝野兩黨的國代表都信誓旦旦，決不會愧對國人。修憲和我隔得很遙遠，而且我是經濟學者，輪不到我來置喙。不過，這時候我正在教「法律經濟學」，對法學論述稍有接觸；站在一個公民的立場，我認為延任自肥實在荒誕無稽。因此，我未雨綢繆，以「如何馴服國大怪獸」為題，在八月三十一日的《聯合報》評論版發表評論。文章的重點，是建議大法官會議預為之計，準備宣布延任條文違憲無效。

沒想到，文章發表後三天，國民大會在九月三日，正式三讀通過國代延任自肥的憲法增修條文。即使事過幾年，現在看來，這個「台灣奇蹟」還是令人唏噓。當然，對於國代延任自肥，社會一片譁然，都籲請大法官釋憲。不過，國代們卻振振有詞的表示：國民大會是制憲機關，大法官會議只能解釋憲法，沒有權力宣布修憲條文違憲。

我在九月九日又發表一篇文章，題為「異哉所謂釋憲問題」；這個題目，當然是借用民國初年梁啟超的〈異哉所謂國體問題者〉。文章裡的一句話，反映了整篇文章的重點：「假設把國代產生的方式改為父傳子、子傳孫的世襲制。雖然條文內容荒謬，可是在程序上毫無瑕疵；怎麼辦？」

當時輿論一片討伐之聲，可是要聲請大法官釋憲，必須由適當的機關依法提出。在教員休息室裡，有一次碰到一位來法學院上課的大法官；我請教他，對於聲請釋憲，他覺得如何。他回答得很婉轉：只要有人投球，大法官們都已經準備好接球了！不過，修憲條文是由朝野兩黨聯手通過，因此要找人發難，並不容易。

我聯絡了幾位法律界的朋友，希望能有著力點，可是都沒有進展；然後，我靈機一動，打電話給在飛機上認識的一位朋友。他原來也在台大任教，後來辦理借調，擔任中部地區一位縣市長的副手。我把情形向他解釋，請他向首長建議：如果能由他的行政機關提出，聲請釋憲，將符合一般社會大眾的心聲；那麼，這位首長將由地方型政治人物，馬上躍升為全台灣的政治明星。他覺得有道理，願意一試。

幾天之後，我再打電話給這個朋友；他表示：首長原則同意，願意聲請釋憲。但是，因為首長的機要本身是國大代表，所以要先疏通一下。然後，他提到，聲請釋憲的理由書等等，希望我能幫忙安排。我一口答應，而且覺得撥雲見日，心裡非常高興。放下電話，我立刻撥電話找朋友李念祖；他是台北知名「理律律師事務所」的合夥人之一，憲法是他的專長。他了解狀況之後，毫不猶豫的答應動筆；對於大是大非，他作風明快，難怪理律在法律界引領風騷。

沒想到，五分鐘不到，李念祖打電話來；立法委員郝龍斌（郝柏村的公子）剛剛湊齊簽名、連署成功，將由立法院向大法官會議聲請釋憲。據我了解，立法院的釋憲聲請書，就是由李念祖起草。顯然，當時有好幾股力量，都在促成同一件事，但是彼此卻一無所知。

最後的臨門一腳，雖然和我沒有直接的關係；可是，我還是覺得很愉悅。看到一件有意義的事在眼前發生，心裡有種「天理還在」的感受。後來，在校園裡又碰上大法官，不知道他從哪裡了解整件事的來龍去脈；一看到我，他就笑著說：你對憲法很有貢獻！對於一個經濟學者來說，這真是很特別的一句話。

後來，大法官會議作成決議，宣布延任自肥的增修條文無效。事隔幾年，再回想起這一段曲折，我覺得五味雜陳。因為，幾年來我一直想寫一篇論文，描述和分析那段修憲釋憲的歷程。希望由法律經濟學的角度，探討憲政的基根到底為何。可是，想到以延任自肥的修憲條文為題材，心裡真有種「家醜外揚」的感受；我一直想寫，但是一直沒能動筆。

也許，史蒂格勒所指的「有趣」（interesting），有深一層的意義。有趣，有時候不只是益智遊戲式的興味盎然。有趣，大概有時候是指經濟學者以旁觀者的身分，描述人們在面對考驗時，是如何的單薄脆弱；旁觀者的掙扎自省、和萃取出的教訓，可能才是更深沉的「有趣」吧！……

三、以文會友

如果我不是經濟學者，生活內容想必和現在不同，可能更好或更壞；不過，如果不是因為經濟學，我相信不會碰上某些人和事。

一九九〇年前後，我開始寫一些短文；這些文章不是文學性散文，也不是社論般的時事評論。我希望以說故事的方式，闡釋經濟學的理念。一九九三年，結集成書的《尋找心中那把尺》，由台北「天下文化」出版。五年的合約期間裡，這本書前後刷了二十幾次，成績還算不錯。可是，雖然現在我已經出版十餘本書，我從來都不認為自己是一位「作家」，更談不上是半個知名人物。不過，以文會友的事，有時倒是令人意外。

經濟分析內涵有趣

幾年前，我利用教授休假，到英國牛津待了一年；當時希望能藉機到歐洲一遊，所以行前到法國駐台辦事處申請簽證。我把自己和家人的表格，拿給櫃台的小姐；沒想到，那位女士看了一眼之後，突然抬頭問我：「熊教授，你今天怎麼沒有帶菸斗？」顯然，她看過我的書，因為我曾寫了好幾篇關於菸斗的故事。我很意外，那位女士也有點意外，說完話臉都紅了。因為我們將由英國出發到法國，依規定要到英國之後，再申請簽證。所以，雖然有點小小的驚喜，可是也僅止於此。

這次再到香港客座，環境比較熟悉，也多認識了一些朋友。其中有一位女士，是和同事一起活動時認識。碰面幾次之後，我送了一本書給她。想不到，又見面時，她拿出相機，請別人幫我們照了一張合影。原來，她帶了我的書，到常去的髮廊做頭髮，打算邊做邊看。髮型師一看到書，很興奮，因為他自己就是我的讀者；他馬上有一連串的問題：怎麼她也看我的書？怎麼她會認識作者？作者的長相如何、是何等模樣？她帶相機照相，大概就是要留影存證，下次帶給她的髮型師看。從此之後，我知道，在香港筲箕灣的某個髮廊裡，有一位沒碰過面的髮型師朋友！

有些讀者覺得，我的文章還算有趣；可是我自己很清楚，其實我不重要，重要的是經濟學的思維。我只不過是一個信差，希望傳播經濟學的內涵而已。這次到香港之後，發現要教一門短期課程；只有一個月，每個星期兩小時，共八小時。不過，這門課有點特別。城大商學院裡，有六個不同的系；不知道從什麼時候開始，也不知道是誰福至心靈，設計了這麼一門課：六個系合作，每個系派一位老師，利用一個月的時間，介紹自己的學科，而且要偏重「研究方法」。每位研究生，不論所屬系別，要選其中的四科。

我認為這門課很有意義，研究生們有機會接觸其他學科，可以擴充視野；老師們有機會面對其他系的研究生，可以測試自己、和自己學科的能耐。為了找適當的教材，我還頗費了一番思量；最後決定，就以自己的書《我是體育老師》為主。這本書，是在牛津那一年編寫而成，共有十六章，理論和故事插敘。雖然書名有點怪，但是剛好適合這門課。體育老師，是指我好像在學校裡教體育——教「頭腦體操」。

對研究生來說，學習能力強；每個星期看四章，一個月討論一本書，不是大問題。研究生們大部分是香港本地和大陸來的華人，看中文著作，也不是問題。但是，研究生裡還有少數的老外，問題就來了。會計系就有一位，聽口音大概是澳洲人，四十五歲左右。他來找我，表示已經快寫完博士論文，也想修這個短期課程。我建議他看一本相關的英文著作，然後安慰他：看不懂中文沒關係，上課時坐著聽別人討論，也是一種別緻有趣的經驗。

等到課程開始，走進教室一看，發現共有二十位研究生；商學院各個系的都有，老外年齡最大，坐在教室後排。他們的素質高，很認真，上課的討論也很熱烈。一個月的課程很快就結束，我要每位研究生繳一份報告；只要一頁A4的長短，談談自己的心得。報告陸續繳來，我看得興味盎然；特別是外系的研究生，對經濟分析都大大的推崇。有一位表示，這門課雖然短，卻是他在城大三年來，上過最有挑戰性、最有收穫的課。

那位老外的報告，讓我眼睛一亮。他提到，在沒上這門課之前，一直認為經濟學很枯燥無趣；經濟分析太抽象，不可能用來解釋真實的社會現象。沒想到，上了課之後，才發現經濟分析的內涵這麼有趣。**課堂上曾經討論「疏離的眷戀」（detached attachment）這個觀念——對於工作、家庭、親情、事業，一個人可以眷戀，但是最好保持距離；心情上可以比較沉穩，也不容易因為事過境遷而感傷難抑**。他說自己過去就有這種體會，也提醒自己保持這種心境；可是，卻從來沒有想到，可以從成本效益的角度，解釋這種心境的曲折。現在他已經完全信服，任何眼前發生的事，幾乎都可以從經濟學的角度提出解釋。

影響個人思維需要

整個班上，他是唯一不懂中文的人，但是卻寫出了一份最好的報告。透過電子信，我把這份報告轉給所有的研究生，讓他們分享；我印了一份，請系主任過目。他看了也很滿意，決定把這份報告放在經濟暨金融系的網站上。

對於我來說，從這個短期課程裡，也得到一點啟示。透過一篇文章或一場演講，或許可以讓讀者和聽眾感受到經濟學的趣味；可是，要影響一個人的思維，需要一個過程，需要一段時間的咀嚼醞釀。我現在知道，這個過程大概是多長——給我一個月的時間，讓我上四堂課，每次兩小時。那麼，我有自信，可以闡釋經濟分析的精髓，也可以對一個人的思維方式，產生根本的影響。

課程結束後，要為學生打成績，我想起同姓宗親熊彼德的事跡；這位著名經濟學者在哈佛大學任教時，不論教什麼課，學期成績有三種人得A：第一，女士；第二，基督教徒；第三，其他的人。經過考慮，我把他的規則進一步簡化；有兩種學生得A：第一，女士；第二，其他的人。當然，這有點半真半假，似乎是兒戲；真正的理由，是我教的課只有一個月，承擔的責任只是四分之一；而且，這門課的性質，就在於拓展研究生們的眼界。重要的是過程，而不是成績的高下。每個人都得A，是對學生的肯定和鼓勵。

想不到，副院長辦公室表示意見，認為學生表現總有高下，不可能全部得A。如果任課老師堅持，必須在成績表之外，提出書面說明。我是客人，當然不願意小題大作、據理力爭。同事倒是提醒我，腦筋要靈活些；既然不能全部給A，就讓一部分人得A+，一部分得A，其餘的得A-！

不過，也就是因為這門課，我才想到：值得找家出版社，試著把自己的幾本書翻譯成英文出版。以英文發行之後，說不定會碰上其他有趣的人和事。

四、績貂

前面這三篇文章，似乎都有點自吹自擂的味道。對我自己而言，則比較像紀錄或回顧。有些自傳或回憶錄裡，把一生經歷描述得井然有序；一切似乎都是照計畫進行，每一步都是為下一步鋪路。我樂於承認，自己不是如此。「未來模糊、順勢而為」，是比較貼切的寫照。

因為長期撰寫非學術性文章，日積月累，似乎得到某些讀者的肯定。偶爾，我會意外遇上一些回響。在香港客座時，有次參加一聚會，碰上一位由台灣來、常駐香港的企業家；是台大經濟系畢業，比我大十幾屆的學長。他很直接的告訴我，喜歡我在《信報》刊載的文章。在海外異鄉，得到學長的肯定，感覺很特別。

另外一次，我應邀到台灣南部一所大學演講，系主任介紹時表示：前不久來的一位經濟學界大老，在演講時三度提到我的名字，建議同學看我的作品。對我而言，這也是很別緻的經驗。

無論識與不識，我都感謝他們對我作品的指教。而且，我一直認為，我不重要；我只是信差，希望把經濟分析的思維、經濟學有趣的內涵，平實的呈現出來。因此，我的容貌長相如何，當然也就無關宏旨。作品封面或折口上的照片，都是側面或背面，原因在此——而不是我臉上有幾道刀疤，或年輕時做了許多對不起女生的事，以真面孔示人會引來許多想算舊帳的人！

INK PUBLISHING

經商社匯 12

經濟學始於佛法式微處

作　　者　熊秉元
總 編 輯　初安民
責任編輯　陳思妤
美術編輯　張薰方　許秋山
校　　對　陳思妤

發 行 人　張書銘
出　　版　INK印刻出版有限公司
台北縣中和市中正路800號13樓之3
電話：02-22281626
傳眞：02-22281598
e-mail:ink.book@msa.hinet.net
法律顧問　漢全國際法律事務所
林春金律師

總 經 銷　成陽出版股份有限公司
訂購電話：03-3589000
訂購傳眞：03-3581688
http://www.sudu.cc
郵政劃撥　19000691　成陽出版股份有限公司
門市地址　106台北市新生南路三段96-4號1樓
門市電話　02-23631407
印　　刷　海王印刷事業股份有限公司

出版日期　2005年7月　初版
ISBN　986-7420-70-5
定價　280元

國家圖書館出版品預行編目資料

經濟學始於佛法式微處／熊秉元著.
--初版，--臺北縣中和市：INK印刻，
2005〔民94〕
面；　公分（經商社匯；12）
ISBN 986-7420-70-5（平裝）
1.經濟-通俗作品

550　　94009374